LA FEMME

OU

LES SIX AMOURS,

PAR Mᵐᵉ ÉLISE VOIART.

✴

TOME PREMIER.

𝕬𝔪𝔬𝔲𝔯 𝕱𝔦𝔩𝔦𝔞𝔩.

✴

2ᵉ ÉDITION,

REVUE, CORRIGÉE ET ORNÉE DE SIX VIGNETTES.

PARIS

Ouvrages du même Auteur.

LA VIERGE D'ARDUÈNE, Traditions gauloises. 1 vol. in-8º.

ESSAI SUR LA DANSE ANTIQUE ET MODERNE. 1 vol.

LA TOILETTE DES FEMMES. 1 vol.

Traductions de l'allemand, d'Auguste Lafontaïne.

LES AVEUX AU TOMBEAU, ou la Famille du Forestier. 4 vol.

LUDWIG D'EISACH, ou les Trois Éducations. 3 vol.

WELF BUDO, ou les Aéronautes. 3 vol.

LE SUÉDOIS, ou la Prédestination. 4 vol.

LE HUSSARD, ou la Famille de Falkenstein. 5 vol.

LÉONIE, ou les Travestissemens. 3 vol.

CHOIX DE CONTES ET NOUVELLES dédiés aux Femmes. 2 vol.

De Madame Pichler.

CORALIE, ou le Danger de l'exaltation chez les Femmes. 4 vol.

IMPRIMERIE DE J. TASTU,

RUE DE VAUGIRARD, N. 36.

LA FEMME

ou

LES SIX AMOURS.

TOME PREMIER.

Devéria del.   Couché fils sc.

Espère!

LA FEMME

OU

LES SIX AMOURS,

PAR Mme ÉLISE VOÏART.

« Aimer ! Ce mot sublime et trop souvent si mal compris, renferme
» un sens mystérieux qui répond à tout ce qu'il y a de
» plus excellent dans notre nature. »
(M. DEGÉRANDO.)

*

𝕬𝖒𝖔𝖚𝖗 𝕱𝖎𝖑𝖎𝖆𝖑.

*

2e ÉDITION,
REVUE CORRIGÉE ET ORNÉE DE SIX VIGNETTES.

PARIS

AMBROISE DUPONT ET CIE, LIBRAIRES,
RUE VIVIENNE, N. 16.

◆

1828

A LA

FILLE PIEUSE ET SOUMISE,

A L'EXCELLENTE SOEUR ;

A

L'AMIE SURE ET FIDÈLE ;

A

L'ÉPOUSE TENDRE ET DÉVOUÉE ;

A L'AUGUSTE ET BONNE MÈRE DE FAMILLE,

SON ALTESSE ROYALE
MADAME LA DUCHESSE D'ORLÉANS,

COMME UN FAIBLE TÉMOIGNAGE
DE LA PLUS HAUTE VÉNÉRATION.

ÉLISE VOÏART.

AVANT-PROPOS.

« Aimer! Ce mot sublime et trop-souvent si
« mal compris, renferme un sens mystérieux qui
« répond à tout ce qu'il y a de plus excellent
« dans notre nature. »
M. DEGÉRANDO.

L'ILLUSTRE auteur du *Génie du Christianisme*, en créant dans ses Martyrs l'Ange des saintes amours, génie qui préside tantôt à l'amour, à l'amitié, tantôt à la piété filiale, à la tendresse conjugale, et aux autres vertus de la femme, nous a

conduite à donner ce titre à notre
livre, et la pensée qui lui sert d'épi-
graphe a inspiré l'ouvrage lui-même.
Un moraliste ayant remarqué que
la vertu ne se composait que d'affections, et que tous les sentimens,
même ceux de la sagesse, se rédui-
saient à chérir ses semblables, à
rechercher leur bonheur, a pro-
clamé selon nous une grande vérité
quand il ajoute, *qu'être vertueux
c'est aimer.*

Faisant de cette règle générale
une application particulière à notre
sexe, nous dirons plus, au risque
de paraître avancer un paradoxe :
L'amour est le plus noble penchant

de la femme. L'ambition, la gloire, et les autres passions masculines lui étant interdites, rien ne la porterait aux actions héroïques qui en font la digne compagne de l'homme, si l'amour ne lui inspirait ses plus hautes comme ses plus touchantes vertus. L'amour de la famille occupe ses jeunes années; celui plus sublime de l'humanité remplit quelquefois sa vie entière, et souvent, après avoir exercé son ame à aimer les objets que la Providence avait confiés à ses soins, elle reporte vers la source sacrée de tout bien, vers Dieu lui-même, cet amour pour lequel elle semble avoir été créée.

De même que le Jupiter des anciens prenait successivement le nom
des temples et des autels qui lui
étaient consacrés, cet amour, gar-
dien de la vertu et moteur des plus
belles actions, revêt différens carac-
tères, et sans cesser d'être lui-même,
il se modifie de diverses manières
pour nous être secourable ou pour
faire notre bonheur. Sous les traits
d'une jeune fille assistant son vieux
père, il cause le plus doux attendrissement; sous ceux de deux frères bien
unis, il offre une image touchante
du charme de l'union sociale. Porte-
t-il le nom de l'amitié, il donne au
monde des leçons de dévouement

et de grandeur d'ame; sous celui
qui lui est propre, il excite aux
belles actions, il conduit aux plus
généreux efforts; paré du bandeau
conjugal, il console, il embellit la
vie; enfin, sous le titre sacré d'a-
mour maternel, il parle à tout ce
qu'il y a de tendre et de généreux
dans le cœur des hommes.

Comme filles, sœurs, amantes,
amies, épouses, mères, les femmes
semblent faites pour charmer, consoler, instruire. Qu'elles connaissent donc leurs douces et nobles
prérogatives; une ère nouvelle a
commencé pour elles avec le siècle;
parmi les nombreuses améliora-

tions qu'il a déjà vu naître, celle
de l'éducation des femmes est l'une
des plus importantes et des mieux
appréciées : des hommes de talent
écrivent, non-seulement pour les
instruire et les initier aux mystères
des sciences et des arts, mais encore
pour former leur jugement, leur
inspirer le goût des choses utiles,
et par des ouvrages à la fois ins-
tructifs et sérieux éclairer leur esprit en élevant leur ame.

Cette tendre sollicitude de la part
du *sexe maître* envers le *sexe soumis* annonce un but éminemment
philantropique, celui de préparer
l'éducation des hommes par l'édu-

cation des femmes, et qui, dans ses résultats, rappellera cette belle et nationale institution, appelée l'*E-cole normale*, où naguère tout ce que la France possédait d'hommes savans et éclairés s'occupaient à former les jeunes maîtres qui, à leur tour, devaient transmettre aux générations suivantes les trésors de connaissances qu'ils avaient acquises sous leurs habiles instituteurs. Des femmes elles-mêmes, encouragées par ce zèle généreux, bien pénétrées d'ailleurs de l'importance des devoirs qui leur sont imposés par la nature et la société, osent s'associer à cette noble entreprise, et chaque jour, apportant à la ruche humaine les fruits de leur expérience et de leurs réflexions, elles acquièrent de nouveaux titres à l'estime d'un sexe et à la tendre reconnaissance de l'autre.

C'est pour entrer dans ces vues honorables que nous avons rassemblé quelques-uns de ces beaux traits de dévouement, de grandeur d'ame, de générosité, familiers à la plupart des femmes, et dont plusieurs d'entre elles ont offert la touchante réunion. Dans tout autre temps il eût pu paraître présomptueux de la part d'une femme de faire l'apologie de son propre sexe, mais aujourd'hui

le désir d'être utile sanctifie tout ;
si ces simples récits, en amusant nos
filles, les excitent à bien faire, ce
doux succès sera notre excuse, et
notre travail aura sa récompense.

NOTA. Il existe, et nous l'ignorions, une charmante chanson de M. le comte de Ségur, inti-
tulée *les Amours de Laure*, et dont l'idée prin-
cipale offre un grand rapport avec celle de cet
ouvrage. Ces Amours, comme les nôtres, sont
au nombre de six ; seulement deux d'entre eux
en diffèrent entièrement. L'aimable poëte phi-
losophe, en peignant les vertus de la femme
sous les traits de l'Amour, nous a enlevé, il est
vrai, la priorité ; mais loin de nous décourager
en nous trouvant ainsi devancée dans cette carrière, le succès des *Amours de Laure* devient

pour nous une autorité ; il nous confirme même dans l'opinion que nous avons bien choisi notre sujet : du moins si l'exécution ne répond pas à notre zèle , ce ne sera pas faute d'avoir senti toute la dignité du but que nous nous étions proposé.

INTRODUCTION.

L'AMOUR filial est le premier sentiment qui frappe le cœur de l'homme
dès son entrée à la vie : le pauvre
sauvage, au milieu de ses forêts,
l'éprouve dans toute son énergie ;
l'enfant de la civilisation, au sein
des foyers domestiques, apprend de
lui ses premières vertus, et tous
deux lui doivent les premières dou-
ceurs de l'existence. Mélange ineffa-
ble de tendresse et de respect, les
hommes lui ont donné le doux nom

de piété, parce que, comme elle, ce sentiment se compose de reconnaissance et d'amour, et, comme elle, reçoit un culte et des sacrifices. Premier symbole de nos croyances religieuses, il nous conduit à la connaissance de nos devoirs envers Dieu, que l'amour filial présente à notre adoration comme le père de toute la nature.

Tous les hommes recommandables par leurs vertus ont commencé leur noble carrière par être bons fils; et chez les nations célèbres par la douceur de leurs mœurs et la sagesse de leurs lois, la piété filiale a toujours eu des autels. Mais com-

bien cette vertu devient plus touchante encore quand elle est exercée par une femme! Elle prend alors
un caractère divin qui la rapproche
de celle des anges; et la bonne fille,
objet d'amour et de vénération, est
à la fois l'orgueil, l'espoir et la consolation de la famille.

L'histoire des temps passés, celle
de nos malheurs politiques, nous
ont laissé plus d'une preuve écla-
tante du degré d'héroïsme où l'a-
mour filial peut porter un être faible et timide; nous ne choisirons
point parmi eux nos modèles; laissant à une plume plus exercée à tra-
cer les sublimes portraits des Som-

« Il y a dans les inquiétudes d'une fille pour
» sa mère quelque chose qui triomphe de l'amour
» même ; on dirait qu'un sentiment secret l'aver-
» tit que cette perte est irréparable. »

Mme SOPHIE GAY.

LA FILLE.

« Il y a dans les inquiétudes d'une fille pour
» sa mère quelque chose qui triomphe de l'amour
» même; on dirait qu'un sentiment secret l'aver-
» tit que cette perte est irréparable. »

Mᵐᵉ Sophie Gay.

Dans un des premiers combats livrés
en Suisse par les troupes françaises,
lors de l'attaque des gorges de Poren-
truy, un jeune officier de hussards,
nommé Abel de M***, fut grièvement
blessé, et transporté sans connaissance
dans une chaumière de paysan à peu
de distance du champ de bataille. Un
vieillard et sa fille l'habitaient; ils re-
çurent le blessé avec la généreuse pitié
qui caractérise les habitans de ces mon-

tagnes. La jeune Séphélie[1] prépara un
lit pour l'étranger ; le père visita la
blessure qui se trouva être à l'épaule
gauche ; et comme il avait quelques
connaissances dans l'art de guérir, il y
posa l'appareil convenable.

La grande quantité de sang qu'avait
perdu l'officier lui causait une telle faiblesse, qu'il s'écoula plusieurs jours
avant qu'il remarquât le lieu où il était,
les soins qui lui étaient prodigués ; enfin
la fièvre qui le dévorait s'apaisa ; il revint à lui, et la vue de son uniforme,
suspendu aux parois de la chaumière,
lui apprit la vérité.

On s'attache, dit-on, par ses bienfaits : l'étranger était devenu pour ses

---

[1] Nom suisse diminutif de Joséphine.

hôtes un objet cher et sacré. Le vieillard observant avec inquiétude les progrès du mal, parvenait quelquefois à en
calmer la violence ; Séphélie entourait le
malade des soins les plus délicats ; tous
deux croyaient n'obéir qu'aux lois de la
pitié, cette simple réparatrice des maux
que cause la méchanceté des hommes ;
mais un sentiment plus tendre guidait
à son insu la jeune montagnarde. La
souffrance et le malheur, en épurant
nos affections, les dépouillent de tout
ce qu'elles pourraient avoir de terres-
tre. Séphélie, en essuyant le front pâle
du malade, en cherchant à lire dans
ses yeux à demi éteints, en épiant
son sommeil, ne remarquait point la
beauté mâle du jeune blessé, ni cette
expression de mélancolie empreinte

sur sa physionomie, bien plus par les affections d'une ame tendre que par l'effet de la maladie et de la douleur. Il était souffrant, malheureux, abandonné; que de droits à la tendre pitié d'une femme! Bientôt un sentiment indéfinissable, plein de douceur, et pourtant mêlé de trouble et d'amertume, s'empara du cœur de la simple fille; et, sans le savoir, elle aima celui que ses soins venaient d'arracher à la mort.

Cependant le repos, l'air pur des montagnes, et surtout la jeunesse, l'emportèrent enfin; l'officier guérit, ses yeux se ranimèrent, sa voix reprit tout son éclat; il pouvait maintenant répondre avec reconnaissance aux soins empressés de ses hôtes; combien alors son regard était expressif! que sa bouche

était éloquente ! Séphélie l'écoutait les
yeux baissés, le cœur ému ; elle n'entendait qu'imparfaitement la langue du
jeune Français ; cependant une rougeur
fugitive colorait son front et ses joues
chaque fois que ses expressions lui semblaient ou plus vives ou plus tendres ;
souvent alors elle se jetait dans les bras
de son père avec un mouvement passionné, en disant à voix basse : « Dieu
soit loué ! mon père, il est sauvé ! » Et
le bonheur le plus pur était exprimé
par ce peu de mots ; mais ce bonheur,
cette douce quiétude d'un cœur plein
d'innocence, furent bientôt cruellement
troublés.

La santé de l'étranger lui permettait
maintenant de retourner à son régiment. Il écrivit à son colonel pour lui

annoncer son rétablissement, et trois jours après un domestique et des chevaux s'arrêtèrent à la porte de la chaumière : c'était l'ordre du départ. L'armée avait pris une autre direction ; il fallait l'aller joindre sur-le-champ.

L'officier n'eut que le temps de faire ses apprêts de départ, et prenant affectueusement la main de son hôte : « Je ne vous fais pas mes adieux, dit-il, je vais où mon devoir m'appelle, mais je reviendrai bientôt revoir mon bienfaiteur, et celle dont les tendres soins m'ont conservé la vie.... Il m'en coûterait trop de partir sans emporter cet espoir.... » Ici une émotion involontaire saisit le cœur du jeune guerrier ; son regard s'arrêta sur Séphélie qui, frappée de ce brusque départ,

cachait derrière son père le trouble et
la douleur qui l'oppressaient. Abel
voulait parler, et aucune parole ne lui
semblait assez expressive pour peindre
le sentiment de tendresse et de regret
qui l'agitait.

« Nous penserons à vous, jeune homme, dit alors le vieillard ; nous prie-
rons Dieu pour qu'il vous épargne dans
cette guerre cruelle, n'est-ce pas, Séphélie !.... » La jeune fille joignit les
mains avec une expression pieuse et
fervente, et des larmes, qui remplis-
saient ses beaux yeux, brillaient au
bord de ses longues paupières.

« Oh ! pourrait-il ne pas exaucer de
telles prières ! reprit Abel attendri ; oui,
je reviendrai... » Séphélie secoua la tête
d'un air de doute. « Ne le croyez-vous

pas? s'écria le jeune homme, c'est le vœu le plus cher de mon cœur... » Séphélie alors releva sa tête qu'elle tenait penchée sur son sein. Abel rencontra ses yeux tout baignés de larmes, et répondant à ce regard passionné, il répéta avec intention : « Oui ! je reviendrai.... »

Dans ce moment son hussard se présenta à la porte ; les chevaux étaient scellés ; Abel serra ses bienfaiteurs dans ses bras, et, s'élançant hors de la chaumière, monta à cheval et disparut à leurs yeux.

Séphélie, restée seule, pleura alors sans contrainte. Son père rentra ; il avait accompagné son hôte. « Pourquoi pleurer ? lui dit-il avec une tendresse mêlée d'un peu de sévérité ; ne va-t-il

pas où son devoir l'appelle ?.... Dieu
qui a permis que nos faibles secours
lui rendissent la vie, ne peut-il pas le
protéger encore ?.... *Ce qu'il garde, est
bien gardé*, ma fille ; c'était une maxime
de votre pieuse mère.» Cette bonté pa-
ternelle toucha la jeune fille et la rendit
à elle-même; elle eut honte de sa faiblesse, et, essuyant ses larmes, elle reprit ses travaux habituels; d'ailleurs
Abel n'avait-il pas dit de la bouche et
des yeux : « Oui, je reviendrai!....»
Dans cette seule promesse, Séphélie
voyait tout un avenir de bonheur.

Cependant les jours, les mois s'écoulèrent; l'isolement de la demeure du
vieillard l'empêchait de connaître les
événemens d'une manière certaine.
Tantôt les Français étaient repoussés,

tantôt ils étaient vainqueurs. Cet état d'incertitude entretenait la tristesse de Séphélie, et bientôt un autre chagrin vint l'aggraver encore. La santé de son père était depuis quelque temps fort altérée; une indisposition, qui d'abord paraissait légère, prit en peu de jours un caractère inquiétant.

Le père de Séphélie était né en Hanovre d'une famille honnête, mais pauvre; il avait d'abord étudié la médecine; sa fortune ne lui permettant pas de continuer cet état, il épousa une femme suisse du canton de Bâle, qui possédait une petite propriété dans les environs de L***. Il quitta son pays et alla habiter cette ville jusqu'à la mort de sa femme; alors il s'était retiré dans cette chaumière où il élevait sa fille et cultivait lui-même ses champs. Les chagrins avaient rendu son humeur triste et sévère ; quoiqu'humain et bienfaisant, il fuyait la société et se plaisait dans la solitude. La contrée qu'il habitait étant fort déserte, il n'avait point de voisins, et ne possédait d'autre ami que le pasteur d'un hameau peu éloigné de sa demeure. Ce fut chez lui que la pauvre Séphélie envoya chercher du secours pour son père. Le pasteur accourut ; il savait un peu de médecine, mais ses secours ne purent arrêter les progrès du mal : bientôt un sommeil léthargique s'empara du vieillard et annonça sa fin prochaine. Peu d'instans avant sa mort il parut se ranimer, il rassembla ses forces ; et s'adressant à sa fille en présence

de son ami le pasteur : « Il m'est bien
pénible, ma chère enfant, de vous laisser ainsi isolée dans une contrée où il
ne vous reste pas un seul parent de
votre mère. Quelques-uns des miens
existent encore en Hanovre, et vous recevront, je l'espère, avec plaisir : c'est là
qu'il faut vous rendre. Vous trouverez
dans ce coffre une bourse en cuir qui contient mes épargnes. Je charge mon ami
de vendre le modique héritage que je
vous laisse ; le produit de la vente joint
à cette petite somme vous empêchera
d'être à la charge de nos parens. J'aurais voulu vous conduire moi-même
vers eux ; la guerre m'en a empêché.
J'aurais voulu aussi vous laisser un autre protecteur, ma fille ! J'en ai eu
l'espoir un instant ! Le ciel ne l'a pas

permis; je vous recommande donc aux
soins de mon vénérable ami. Hélas !
c'est un vieillard qui confie un dépôt
à un autre vieillard.... Mais Dieu sup-
pléera à tout!... C'est mon espérance... »
En achevant ces mots avec peine, le
mourant étendit ses bras pour bénir
sa fille agenouillée près de lui; ses lèvres tremblantes prononcèrent les paroles saintes, et sa main, glacée par la
mort, retomba sur le front pâle de la
malheureuse orpheline.

Le vieux pasteur pleura avec elle
l'homme juste qui venait d'expirer; il
pleurait en même temps un ami, et, à
son âge, cette perte était grande et irréparable : il regardait avec une tendre compassion la jeune fille dont le
sort allait dépendre d'êtres inconnus,

qui n'auraient peut-être pas pour elle
toute la tendresse et l'affection dont elle
était si digne. Il songeait quelquefois à
l'emmener avec lui, et à lui servir de
père; mais son âge et son peu de fortune ne lui permettaient pas d'effec-
tuer un tel projet avec sécurité; d'ailleurs la volonté du mourant lui était
sacrée; il songea aux moyens de l'exécuter.

Jusqu'au moment des obsèques, Séphélie ne voulut pas quitter le corps
de son père. Selon la coutume du pays,
elle l'avait couvert de fleurs et d'herbes
odoriférantes. Tout entière au sentiment de la perte qu'elle vient de faire,
elle se plaisait à lui rendre ces pieux
devoirs. Elle avait oublié la vie et tous
les soins de l'existence; immobile,

appuyée sur la couche funèbre, son attitude marquait seule sa profonde douleur, car elle priait à voix basse, et ses larmes étaient silencieuses.

Tout-à-coup la porte s'ouvre avec fracas, et le jeune Abel de M***, saisi d'une douloureuse surprise, s'arrête sur le seuil. Il venait remplir sa promesse; des intérêts de famille le rappelaient en France, où le mandait un oncle de qui dépendait toute sa fortune; et, avant de quitter la Suisse, il avait voulu revoir ses bienfaiteurs.

Au bruit de ses armes, Séphélie tressaillit; elle releva la tête, et le reconnaissant; elle lui montra avec désespoir le froid et muet cadavre....

« Pauvre fille! dit Abel avec un profond attendrissement, en quel état faut-

il que je vous retrouve!... Il a donc
quitté la terre, cet homme si bon, si
pieux, si généreux!...

»— Oui, pour jamais! s'écria l'orpheline, et il m'a laissée seule, sans amis, sans
parens, sans protecteurs. — Séphélie,
reprit Abel, emporté par le sentiment le
plus noble et le plus généreux, ne sa-
vez-vous pas que cette vie que vous
m'avez sauvée vous appartient! Eh!
quel autre que moi doit vous protéger,
si toutefois vous m'en jugez digne!....
Venez, vénérable ami de son père,
dit-il au pasteur qui l'avait suivi; em-
ployez votre influence pour m'obtenir
une réponse favorable, et m'aider à acquitter la dette de la reconnaissance. »

Le cœur de Séphélie était partagé
par tout ce que la douleur a de plus

amer, et tout ce que la joie a de plus
doux. Le pasteur s'approcha, et, avec
cette candeur allemande qui n'élève jamais aucun doute sur l'expression d'un
sentiment généreux, il prit la main de
l'orpheline, et, la plaçant dans celle
d'Abel : « Votre père l'eût adopté pour
fils, dit-il, je tiens ici sa place, soyez
unis! Que Dieu vous donne des enfans
qui vous ressemblent! »

L'humble temple du hameau reçut à
la fois les sermens du jeune couple et
la dépouille mortelle du vieillard; le
pasteur prononça sur l'un et sur l'autre
des paroles de paix et d'espérance, et
la double émotion de tristesse et de joie
qu'éprouvaient les deux époux pendant
cette cérémonie touchante, rendit peut-
être plus saint et plus doux l'enga-

2

gement qu'ils prenaient pour la vie.

Séphélie suivit son mari en France, et comme cette contrée était alors agitée par de grands troubles politiques, Abel se retira au fond de la Bourgogne pour y passer les premiers temps de son mariage; ce fut sous les hautes forêts du Morvan qu'il alla cacher sa jeune épouse et son bonheur. Des débris d'une fortune jadis assez considérable, il acheta une petite propriété sur les rives solitaires du Solnau, et bientôt la naissance d'une fille vint mettre le comble à la félicité des jeunes époux.

Pourtant, cette félicité ne fut pas toujours sans mélange : les fréquentes et longues absences que le devoir imposait au hussard, affligeaient sa jeune femme. A cette époque où la patrie était

sans cesse menacée d'invasion par une
coalition ennemie, jalouse de nos succès et attentive à profiter de nos moin-
dres défaites, l'honneur ne permettait à aucun Français de quitter ses
drapeaux, excepté pour de très-courts
congés; Abel venait toujours les passer
dans son humble retraite. Il fit successivement les campagnes de Hollande,
d'Italie, d'Allemagne : à la bataille
d'Austerlitz, il fut élevé au grade de
chef d'escadron, et, dans ces différentes
guerres, son courage, ses connaissances
militaires, la bonté de son cœur, la
douceur de ses manières, lui acquirent
l'estime de ses chefs et l'amour de ses
soldats.

Pendant ce temps, sa fille Ludovise
croissait en âge et en beauté, et déve-

loppait, sous l'œil maternel, les quali-
tés aimables qui, dans l'enfance, annoncent les vertus de la femme, comme
les fleurs du printemps annoncent les
doux fruits de l'automne. Aimer Dieu
comme le père de toute la nature, lui
offrir chaque jour ses simples vœux;
travailler près de sa mère, épier ses dé-
sirs, soigner les fleurs du jardin et les
oiseaux qui vivaient apprivoisés dans
un petit bosquet qu'avait planté son
père, tels étaient ses devoirs et ses plai-
sirs. Rien n'interrompait le cours uniforme de ses belles journées; la demeure
qu'elle habitait était éloignée du village;
elle ne connut pas les futiles amusemens
de l'enfance. Unique société de sa mère,
elle n'eut pas d'autre amie; aussi sa piété
filiale était-elle une espèce d'adoration.

Sa mère, jeune et belle encore, lui semblait une vivante image de ces beaux
anges que sa pieuse imagination lui représentait comme protégeant les enfans et les cœurs purs. Son père produisait sur elle une impression plus grave : elle voyait en lui un de ces anciens
preux, dont sa mère lui avait souvent
conté les merveilleuses aventures : son
brillant uniforme, l'éclat de ses armes,
les récits glorieux et pleins de chaleur
qu'il faisait à sa petite famille, dans les
courts instans qu'il passait près d'elle,
la joie de sa mère en le revoyant, tout
se réunissait pour exalter la jeune imagination de Ludovise, et cette double
affection qu'elle portait aux auteurs de
ses jours prêtait à son caractère quelque chose de tendre et de passionné

qui donnait de l'intérêt à ses moin-
dres actions.

La campagne de 1806 rappela encore
une fois les braves à leurs drapeaux. En
recevant l'ordre du départ, une sorte
de pressentiment remplit l'ame du guerrier d'un trouble involontaire. Séphélie,
frappée d'une même sympathie, ne pouvait dissimuler sa tristesse. Comme une
autre Penthée, elle prépara les équipages de son époux, avec tous les soins
prévoyans de l'amour, et, pour cet objet, elle épuisa toutes ses ressources.
Le commandant, témoin des secrètes
angoisses de sa femme, voulut lui épar-
gner la douleur des adieux : il rassembla tout son courage, et devançant d'un
jour l'instant fixé pour le départ, il résolut de quitter ses paisibles foyers à

l'insu de sa famille. Une nuit, il se leva doucement, posa pour la dernière fois ses lèvres sur celles de son épouse, s'arrêta devant le lit où reposait sa fille, et, contemplant quelque temps l'innocente enfant endormie : « Que Dieu te bénisse ! dit-il à voix basse ; puisses-tu vivre heureuse et sage ! et... consoler ta mère !... » A ces mots, prononcés avec la plus vive émotion, il ouvrit la porte, et, le cœur déchiré d'amour et de regret, il quitta cette tranquille retraite où il avait passé des jours si heureux, et où il laissait tout ce qui lui était cher.

Le début de cette campagne fut si beau que, plus d'une fois, la femme d'Abel conçut l'espoir de voir revenir bientôt son époux triomphant. A Iéna, une charge brillante lui avait mérité

l'honneur de recevoir sur le champ de
bataille cette croix glorieuse, dont la
noble destination est de récompenser
également l'héroïsme et la vertu, et
l'heureuse Séphélie se berçait des plus
douces illusions.

Mais la campagne de Pologne venait
de commencer; à mesure que nos troupes
s'avançaient vers le Nord, des combats
multipliés avaient lieu, et les lettres du
commandant devenaient plus rares. Les
bulletins de l'armée, en citant souvent
le régiment d'Abel et le commandant
lui-même, venaient encore rassurer Séphélie et Ludovise qui partageait toutes
les inquiétudes de sa mère; mais bientôt les lettres cessèrent entièrement, et
les bulletins, comme s'ils fussent de-
venus étrangers à l'objet qui leur était

cher, ne leur offraient plus ce nom
qu'elles y cherchaient avec anxiété.

L'épouse du commandant, ne recevant aucune nouvelle, s'était adressée
successivement au colonel du régiment
d'Abel, au chef de l'état-major de son
corps d'armée, enfin au ministre de la
guerre; trois mois s'écoulèrent dans l'incertitude la plus cruelle; l'infortunée
Séphélie reçut enfin les preuves de son
malheur. Le conseil d'administration du
régiment d'Abel lui mandait que son
mari avait disparu le lendemain du combat nocturne de Czernovo, livré le 6 dé-
cembre; qu'il avait commandé son escadron le jour de l'affaire, mais qu'on
n'avait pas retrouvé son corps sur le
champ de bataille.

Au milieu de l'angoisse que ces affreux détails causèrent au cœur d'une tendre épouse, d'une tendre fille, une lueur d'espoir brilla aux yeux de Ludovise, et elle se hâta de la présenter à sa mère, pour rassurer son courage. On disait que ce commandant avait disparu après avoir combattu dans la journée, et, qu'après l'action, on ne l'avait point retrouvé parmi les morts ; il pouvait s'être égaré à la poursuite de l'ennemi, et avoir été fait prisonnier. Cette idée, présentée par Ludovise avec toute la chaleur d'une imagination vive et que rien n'a encore désenchantée, ranima la pauvre mère abattue : il est si doux d'être consolé par ceux qu'on aime, et des paroles d'espérance prennent, dans une bouche jeune et pleine d'innocence, un tel accent de conviction,

qu'elles semblent parfois une révéla-
tion du ciel. Séphélie pressait sa fille en
pleurant dans ses bras , et cherchait
dans les illusions que lui offrait sa tendresse , un adoucissement au chagrin
qui la dévorait. Mais ce répit fut de peu
de durée, et, comme si le sort eût craint
de laisser à la malheureuse épouse le plus
faible espoir, quelques jours après la ré-
ception de cette nouvelle, une lettre d'un
ami du commandant vint la confirmer
d'une manière aussi cruelle qu'absolue.

Le major C***, auquel Séphélie s'était
aussi adressée pour avoir quelques ren-
seignemens sur le sort de son mari , lui
apprenait que dans la nuit de ce combat, qui avait effectivement eu lieu au
clair de lune, le commandant s'étant
laissé entraîner à poursuivre l'ennemi

hors des lignes, son cheval, grièvement
blessé, s'était abattu sous lui, au moment où il voulait lui faire franchir un
fossé plein d'eau; que la violence de la
chute l'ayant privé de l'usage de ses
sens, il n'était sorti de cette eau glacée
qu'au bout de plusieurs heures; qu'a-
lors il s'était traîné avec peine au poste
le plus voisin; et qu'arrivé là, l'infor-
tuné Abel, accablé de fatigue et d'é-
puisement, avait rendu le dernier soupir dans les bras de celui qui transmet-
tait à sa veuve ces funestes détails.

Cette lettre détruisit toute espérance
dans l'ame de Séphélie et de sa fille,
et toutes deux, ne pouvant plus douter
de leur malheur, tombèrent dans un
douloureux accablement.

La mort du commandant ne fut pas

la seule infortune qui vint frapper sa
famille : la récolte sur laquelle était
fondé son revenu avait manqué cette
année. Privée de toutes ses ressources,
la veuve sortit enfin de la stupeur où
l'avait plongée son malheur. Étrangère
dans ce pays, la vie solitaire qu'elle y
avait menée ne lui avait ménagé aucun
appui; la famille de son mari avait pos-
sédé autrefois un titre et une fortune
considérable : la révolution avait
anéanti l'un et l'autre. Il ne restait à
Séphélie d'autres parens, de ce côté,
qu'un grand oncle fort âgé, qui, irrité
de ce que son neveu avait rompu un
mariage arrangé par lui, pour épouser
une étrangère sans nom, et surtout sans
fortune, avait déclaré, lorsqu'Abel lui
fit part de son mariage, qu'il venait de

placer tout son bien à fonds perdus , et
qu'il renonçait pour jamais à voir ce
neveu , ainsi que la femme qu'il avait
choisie sans son aveu.

Le vieux comte de M*** habitait Paris. Séphélie lui fit part de la perte
qu'elle venait de faire; mais elle n'en
reçut qu'une réponse fort dure et fort
hautaine. Quoiqu'elle n'eût fondé aucune sorte d'espoir de ce côté, Séphélie
n'en fut pas moins profondément affligée de cette preuve d'une haine aveu-
gle et invétérée; elle ne fit aucune autre démarche pour le ramener, et se mit
en devoir d'obtenir la pension de veuve
à laquelle la mort de son mari lui don--
nait droit; elle adressa donc au ministre de la guerre ses titres et sa demande.

Pour former les derniers équipemens

du commandant, elle avait été obligée
de contracter des dettes; son malaise
actuel les avait encore augmentées; ses
créanciers la pressaient; sa détresse
s'accroissait chaque jour, les mois s'é-
coulaient, et la réponse du ministre
n'arrivait point.

Dans cette extrémité, son principal
créancier, qui peut-être convoitait la
petite propriété de la veuve, lui proposa de s'acquitter avec lui par la vente
de cet immeuble; il lui en offrit un
prix assez raisonnable, et il lui conseilla
en même temps de se rendre à Paris
pour solliciter elle-même la pension
qui lui était due. La veuve eut beaucoup
de peine à faire ce sacrifice. Il lui
semblait que quitter cette demeure si
chère à son mari, c'était le perdre une

seconde fois; mais la nécessité ne lui permettait pas d'hésiter. Elle écouta donc les propositions qu'on lui faisait. Du produit de cette vente, elle paya ses dettes ; et réunissant le reste de ses fonds, qui se montaient à la somme de vingt mille francs, elle se décida à suivre le conseil qui lui avait été donné d'aller à Paris pour réclamer ses droits, et en même temps placer le reste de sa fortune chez un homme d'affaires avec lequel son mari avait eu autrefois des relations d'intérêts.

Ludovise prit congé, en pleurant, des fleurs qu'elle avait plantées, des arbres qui l'avaient vue naître : c'était le premier sacrifice de sa vie. Douce comme les colombes qu'elle nourrissait, craintive comme un enfant, élevée dans la solitude, elle s'effrayait à l'idée d'aller vivre dans cette brillante capitale dont elle avait entendu ses parens eux-mêmes faire des récits contradictoires; tantôt son imagination lui représentait Paris comme le temple des sciences et des arts, le séjour du goût et de l'élégance; et tantôt des images effrayantes lui peignaient la moderne Athènes comme une autre Babylone, où régnaient l'orgueil et l'insolence, où le souffle empesté du vice faisait pâlir la vertu. Son éducation, simple comme ses mœurs, se ressentait de la profonde retraite où avait toujours vécu sa mère, et surtout de son origine étrangère. Séphélie était Allemande, et elle avait communiqué à sa fille cette sensibilité un peu exaltée qui donne tant de char-

mes aux femmes de son pays; ayant
peu d'instruction, elle n'avait pu donner à Ludovise que les vertus de son
sexe et les faibles connaissances qu'elle-
même avait reçues.

Les principes d'une morale douce et
pure, une jolie écriture, une mémoire
heureuse et meublée des touchantes et
merveilleuses histoires de la Bible, une
rare habileté dans tous les petits travaux des femmes : tels étaient les connaissances et les talens de la jeune fille,
à l'époque où elle quitta la contrée où
elle était née.

Ludovise n'avait pas quinze ans; son
front, paisible comme son ame, était
semblable à ces belles eaux que l'on
voit sourdre en silence du sein de la
terre, et dont aucune ride ne ternit la

surface ; ses grands yeux noirs, cou-
ronnés par deux sourcils d'une pureté
parfaite, n'exprimaient encore que la
paix du cœur, la douce attente et la
candeur; sa bouche ne s'entr'ouvrait
que pour sourire, et ce sourire était
son plus éloquent langage, car Ludovise ne savait encore qu'écouter et se
taire. Les contours de son charmant visage avaient conservé la candeur et la
naïve expression de l'enfance, mais em-
bellie par le vif éclat de l'adolescence ;
son attitude et sa démarche offraient
cette timidité pleine de charme qui semble appartenir à la pudeur, tandis que
l'élégance et la légèreté marquaient
chacun de ses mouvemens ; riante, c'é-
tait un enfant folâtre ; pensive, c'était
Psyché ingénue et rêveuse.

Mais qui saura dignement apprécier
cette angélique candeur? A qui Séphélie confiera-t-elle le cœur de sa fille?
Sans famille, sans fortune, sans protecteur, qui se chargera d'assurer le
sort de cette enfant si chère? Telles
étaient les tristes réflexions de la veuve
en arrivant à Paris. Elle descendit dans
un hôtel de la rue du Bac, pour être
plus près des bureaux de la guerre; et
dès le lendemain, après avoir écrit au
chef de bureau chargé du travail sur
les pensions, pour le prévenir de son
arrivée, elle se rendit chez l'homme
d'affaires auquel elle voulait confier les
fonds qui composaient tout son avoir.
Cette affaire étant terminée, elle rentra chez elle munie du titre qui lui as-
surait mille francs de revenu; pensant

qu'avec cette somme et la pension de douze cents francs qu'elle espérait obtenir, d'après le grade et les services de son mari, elle pourrait aller vivre en Allemagne, près des parens de son père, avec lesquels elle avait entretenu jusque-là quelques relations; ce projet s'offrait à elle sous l'aspect le plus consolant, et même l'espoir d'y marier sa fille d'une manière avantageuse, idée qui se glisse toujours, même à son insu, dans les projets d'une mère, la berçait agréablement, et venait parfois suspendre le sentiment de ses chagrins.

Il y avait déjà quelques jours que la veuve était à Paris, et la réponse du ministre se faisant attendre, Séphélie résolut d'aller trouver le chef de bureau auquel elle avait adressé ses titres.

Mais quel fut son trouble, lorsque cet
employé lui apprit que ses droits à une
pension de veuve n'étaient rien moins
que fondés, attendu que les rapports
officiels ne constataient point que son
mari fût mort sur le champ de bataille !
La veuve lui donna tous les détails les
plus propres à l'intéresser. Elle lui montra la lettre du major C***, qui attestait
la mort de son ami comme une suite du
combat de Czernovo. « Je sens comme
vous, Madame, répondit cet employé,
la vérité de tout ce que vous me dites;
mais que voulez-vous? la loi est posi-
tive. Au reste, adressez-vous au ministre. Il est humain; et en considération
de votre position malheureuse, il pourra
peut-être vous faire accorder ce qui
vous est dû dans le fait, mais à quoi

vous n'avez pas droit selon la forme. »

La veuve revint à l'hôtel avec une lueur d'espérance. « Oui, se dit-elle, j'irai trouver avec confiance l'ancien compagnon d'armes de mon bien-aimé Abel; il donnera des pleurs à sa mémoire; il accordera sa protection à la veuve et à la fille d'un brave. »

Séphélie attendit avec impatience le jeudi suivant, jour de l'audience publique du ministre de la guerre; et, par un petit calcul auquel la mère la moins prévenue en faveur de sa fille n'est point étrangère, elle résolut d'emmener Ludovise avec elle. Jusqu'à ce jour, la craintive jeune fille, effrayée du bruit des voitures, de la foule qui circule dans les rues tumultueuses de la capitale, mais surtout intimidée par

les regards curieux que jetaient sur elle
les passans de l'un et de l'autre sexe ;
regards auxquels une étrangère s'habi-
tue si difficilement, avait supplié sa mère
de la laisser dans sa chambre, où elle
s'enfermait soigneusement jusqu'à son
retour. Pendant l'absence de sa mère,
elle écoutait avec une secrète mélancolie les cris discordans des marchands
ambulans, ou les sons plaintifs de l'or-
gue du chanteur des rues ; elle compa-
rait ce vague tumulte d'une grande
ville, ce murmure confus, toujours si
triste pour l'étranger, à la douce tran-
quillité du séjour de son enfance. A ce
souvenir, ses beaux yeux se remplis-
saient de larmes ; elle pleurait à la fois
son père et son bonheur passé !

Souvent aussi le bruit retentissant

des équipages qui parcouraient les rues
adjacentes, réveillant en elle l'idée des
dangers que sa mère pouvait courir
dans ces rues populeuses, elle se re-
pentait de l'avoir laissé sortir seule,
et la résolution de l'accompagner désormais s'emparait de son ame tout
entière. Son anxiété toujours croissante
ne cessait que lorsqu'elle entendait
cette mère chérie monter l'escalier;
alors Ludovise courait au-devant d'elle
avec la joie d'un enfant, se jetait dans
ses bras, s'attachait à son cou et l'acca-
blait de caresses passionnées; elle la
débarrassait de ses vêtemens, chan-
geait sa chaussure, et lui présentait le
simple repas qu'elle avait apprêté, ou
l'ouvrage qui l'avait occupée pendant
son absence.

Séphélie avait fait part à sa fille du faible espoir qu'elle conservait d'obtenir justice du ministre, et de la nécessité d'aller elle-même implorer sa protection ; Ludovise encourage cet espoir, et cachant à sa mère l'extrême embarras que lui cause la visite projetée, elle dispose tout pour l'accompagner.

Le jour de l'audience arrive, elle se donnait à midi ; Séphélie et sa fille étaient prêtes à onze heures ; elles se rendent à l'hôtel du ministre. En entrant dans la vaste antichambre qui réunit tous ceux qui ont comme elles quelques grâces à demander, quelques réclamations à faire, tous les regards se portent sur les deux solliciteuses ; la pâleur de l'une, le tendre coloris de l'autre, rehaussés encore par les vête-

mens noirs qu'elles portent, la noblesse
de leur maintien, jointe à l'extrême
timidité dont elles paraissent saisies,
appellent sur elles l'attention et l'intérêt. L'huissier prend leurs noms et
l'objet de leur demande; la même formalité s'observe envers ceux qui arrivent. Trois quarts-d'heure s'écoulent et
l'on n'a encore appelé personne. L'huissier a passé avec sa note chez Son Excellence; il rentre dans la salle et commence enfin à appeler les solliciteurs no-
minativement, et la veuve attend avec
impatience que son nom soit prononcé.

Pendant ce temps Ludovise, pour se
distraire des réflexions pénibles que lui
inspire la vue de ceux qui viennent
comme elle implorer l'appui du pouvoir, porte ses regards sur les tableaux

qui décoraient la salle. Tous rappellent
quelques-uns des hauts faits de nos
guerriers; l'un d'eux, par la rare habileté de son exécution et par l'action
qu'il retrace, attire toute l'attention de
Ludovise. Il représente un officier de
hussards à la tête de son escadron, exé-
cutant une charge brillante dont la
promptitude doit faire décider la vic-
toire ; c'est l'uniforme de son père !
c'est le commandant Abel de M***!...
et le peintre, qui lui-même a été témoin de ce beau fait d'armes, a rendu
avec tant de vérité les traits et l'attitude
guerrière du brave commandant, que
ne pouvant retenir une vive exclamation
de joie et de surprise : « Mon père ! s'é-
crie-t-elle en joignant les mains avec
un pieux enthousiasme, c'est lui !... »

c'est bien lui ! ô ma mère ! Le voilà tel
que je me le représentais sur le champ
de bataille, beau, fier et terrible !...
Hélas ! ajouta-t-elle en fondant en larmes, nous ne le verrons plus !... » Et elle
se jeta avec une sorte de désespoir sur
le sein de sa mère qui, agitée comme
elle d'une émotion vive et profonde,
attachait sur cette chère image des
yeux baignés de pleurs.

Il est des instans dans la vie où un
vif mouvement de joie ou de douleur
nous jette pour ainsi dire hors de nous,
et nous arrache en quelque sorte à
toutes les relations terrestres. Dans ces
circonstances l'ame se manifeste dans
toute son énergie, l'être fortuné ou
misérable soumis à leur pouvoir oublie
les temps et les lieux, il éprouve une

espèce d'égarement qui ressemble à
l'ivresse, et, comme elle, a son réveil.

Le murmure qu'excita parmi les spectateurs cette scène attendrissante rappela les deux infortunées à elles-mêmes.
Un jeune homme d'une taille et d'une
figure remarquables, et qui avait déjà
traversé une fois la salle sans être remarqué par Ludovise et sa mère, s'é-
tait arrêté à l'exclamation de la jeune
fille, et avait été témoin de l'expression
touchante de sa tendresse filiale. Il
s'approche, et du ton le plus respec-
tueux il adresse à la veuve des paroles
de consolation auxquelles se mêle un
éloge flatteur du guerrier qu'elle pleure,
et tandis qu'il s'adressait à la mère, son
beau regard attaché sur la charmante
fille exprimait l'intérêt le plus tendre.

Il ose hasarder quelques questions sur le but de leur visite, mais la veuve d'Abel est trop émue encore pour répondre, et sans détourner les yeux du tableau qui lui retrace des souvenirs si chers et si cruels, elle garde un silence involontaire, tandis que Ludovise, intimidée d'avoir été un moment l'objet de l'attention générale, baisse les yeux avec un doux et touchant embarras. Le jeune inconnu, respectant les motifs de ce silence, salua profondément les deux dames et quitta la salle.

Peu d'insta après son départ, l'huissier en sortant du cabinet vint porter le trouble dans l'ame des spectateurs en annonçant que Son Excellence étant appelée au Conseil-d'État, l'audience était remise à un autre jour.

Ludovise et sa mère restèrent les dernières dans le salon; elles avaient peine à quitter l'image de celui qui leur avait été si cher. Il fallut enfin se rendre à l'invitation réitérée qui leur fut faite de se retirer; elles jetèrent un dernier regard sur le tableau et quittèrent lentement le salon.

Elles descendaient l'escalier en essuyant encore quelques pleurs lorsqu'elles virent sortir des bureaux du ministre le même inconnu qui leur avait parlé dans le salon. A leur aspect, il s'arrête et semble hésiter s'il doit leur adresser de nouveau la parole. Enfin il s'approche, et avec une extrême politesse il s'informe si elles ont obtenu l'objet de leur demande. La veuve lui apprend que loin d'avoir aucun succès elle n'a pas

même obtenu d'audience. A cet aveu
fait avec l'accent du chagrin, le jeune
homme parut embarrassé et balbutia
quelques excuses pour le ministre, et
remarquant le mémoire que la veuve
tenait encore à la main, il s'offrit à le
mettre lui-même sous les yeux du ministre. « Revenez mardi au lieu de jeudi,
ajouta-t-il, demandez au concierge
l'escalier n° 2; il vous conduira dans
le cabinet particulier du ministre; d'ici-
là j'examinerai votre demande, et je la
recommanderai au chef du bureau qui
en fera le rapport. »

Tout cela fut dit si promprement,
qu'à peine la veuve eut le temps de
remercier l'obligeant jeune homme;
celui-ci avait disparu.

En regagnant l'hôtel, cet incident

fut l'objet de l'entretien de la mère et
de la fille. « Grâce au ciel ! disait Séphélie, dont l'espoir était ranimé par la
bienveillance de l'inconnu, il est encore des hommes justes et compatis-
sans. Ce jeune homme est probable-
ment le secrétaire intime du ministre ;
avec quelle bonté n'a-t-il pas promis
de nous être utile !

» — Et quel doux son de voix ! ma
mère, reprenait Ludovise ; comme il
semblait chagrin d'apprendre que nous
étions renvoyées à un autre jour !...
Avez-vous remarqué avec quelle expression il répétait : La fille ! la veuve
du brave commandant de M*** ! O ma
mère ! je crois que c'est un ange que le
ciel a envoyé pour nous conduire... Ne
trouvez-vous pas, ajouta-t-elle un peu

timidement, qu'il a dans la taille, dans
la démarche et même dans la physionomie quelque ressemblance avec mon
père?... Comme lui ses yeux sont bleus,
ses cheveux noirs, et son sourire annonce... » Ludovise hésita. « Une ame
tendre et généreuse, ajouta la mère
sans remarquer le trouble naissant de
sa fille, je le crois ; quant à la ressemblance avec mon cher Abel, je con-
viens qu'il y a quelques rapports, mais
quelle immense différence !... »

La réflexion de Ludovise avait ramené Séphélie à l'objet de ses pensées
habituelles ; elle se plut à répéter quelques-uns des incidens qui avaient con-
couru à son mariage ; elle peignit
surtout avec la sensibilité qui lui était
naturelle la scène d'amour et de dou-

leur qui avait eu lieu le jour de la
mort de son père ; comment elle se
croyait abandonnée de la nature entière , quand tout-à-coup le capitaine
avait paru comme un ange protecteur,
et avait comblé tous les vœux de son
cœur en la prenant pour épouse. Animée par ces doux souvenirs , Séphélie
ne s'aperçut pas de l'effet que produi-
saient alors sur sa fille des récits qu'elle
lui avait déjà faits plus d'une fois, mais
auxquels la circonstance présente donnait une toute autre importance.

La jeune fille avait été frappée d'une
ressemblance due au hasard entre l'objet d'une ancienne vénération et celui
du premier sentiment de reconnaissance éprouvé par elle pour tout autre
que pour ses parens ; et dans une ima-

gination aussi vive, dans une ame aussi
tendre, de tels rapports ne pouvaient
rester sans résultats. En écoutant les
récits touchans que lui faisait sa mère,
les traits du beau jeune homme se pré-
sentaient naturellement à son esprit.
« Il agirait de même... pensait Ludovise;
sa conduite bienveillante envers deux
femmes inconnues le prouve... » Tout
ce qui distinguait le noble caractère de
son père convenait, selon elle, à l'aimable inconnu, et sans le savoir, son
image, unie à celle de ce père révéré,
se grava d'une manière ineffaçable dans
son cœur ingénu.

Oh! combien sont fréquentes ces
touchantes erreurs du cœur d'une jeune
fille! Avec quel enthousiasme ne dé-
core-t-elle pas de toutes les vertus

qu'elle chérit l'homme qui a su lui plaire !... Brave et fidèle, sans peur et sans reproche, comme tous les anciens preux, il est en même temps doux, pieux, sensible. Ces vertus qu'elle prête à l'objet de son jeune et pudique amour excitent en elle la plus noble émulation; elle veut se rendre digne de cet être supérieur qui déjà la captive. De quels efforts cette seule pensée ne la rend-elle pas capable !... Et que de plans généreux conçus et arrêtés dans ces momens d'une sublime et vertueuse exaltation !...

Cependant les jours s'écoulent; le mardi arrive enfin. Le cœur de Ludovise est agité ; elle voudrait à la fois avancer, reculer cette visite ; paraître en présence du ministre !... en solliciter

une grâce !... subir peut-être un dur refus !... tels sont les sujets de crainte que
s'exagère la timide Ludovise, afin, sans
doute, de pouvoir attribuer à un motif
plausible le trouble extrême qui l'oppresse. Sans le vouloir, elle soigne plus
que de coutume sa simple toilette; l'é-
poque avancée de son deuil et la chaleur de la saison lui permettent de mettre une robe de blanche mousseline;
une ceinture noire à bouts flottans des-
sine sa taille élégante ; des manches
larges et transparentes laissent apercevoir ses beaux bras, plus blancs que le
tissu qui les couvre; ses cheveux noirs
et brillans, réunis en tresses et bouclés
en longs anneaux , accompagnent ce
charmant visage où viennent se peindre les vives émotions d'une ame plus

belle encore ; un grand voile de gaze ,
vêtement pudique , cher à la jeunesse,
à la beauté timide , ornement gracieux
auquel les femmes n'auraient jamais dû
renoncer, l'enveloppe comme un léger
nuage , et, sans dérober ses charmes ,
sert à cacher son embarras.

La veuve, en présidant à ces simples
apprêts , est frappée de la beauté de sa
fille ; elle l'embrasse avec ce vif mouvement qui saisit le cœur des mères en
découvrant dans leur enfant une vertu
nouvelle ou une grâce de plus; elle fait
appeler la voiture qui doit les conduire
chez le ministre.

Elles arrivent à l'heure indiquée ;
suivant les instructions du jeune inconnu , elles s'adressent au concierge,
et demandent l'escalier n° 2. A cette

question, cet homme, d'ordinaire si
important avec la foule des solliciteurs,
s'incline avec une sorte de respect, sort
de sa loge, et, leur désignant un pas-
sage à gauche, leur indique, de la manière la plus détaillée, le nombre de
marches à monter, de portes à ouvrir,
pour arriver jusqu'au lieu où elles sont
attendues. Elles montent ; un domestique les reçoit dans l'antichambre, et,
après leur avoir fait traverser plusieurs
appartemens, il les introduit dans un
petit salon, leur montre du doigt une
porte dans le fond, et se retire en disant : « Voilà le cabinet particulier de
Son Excellence. »

Les deux femmes restent seules, les
yeux attachés sur cette porte qui se
trouve à demi-ouverte. Ludovise pâlit

et rougit successivement ; car elle a entendu parler dans le cabinet, et croit
avoir reconnu la voix de l'un des deux
interlocuteurs.

« Mon cher Alfred, disait le premier,
j'ai lu ce mémoire ; la demande de madame M*** paraît juste et fondée ; mais
vous connaissez comme moi la loi qui
n'accorde la pension de veuve qu'à
celle dont l'époux est mort au champ
d'honneur, et les rapports ne consta-
tent point ce fait....

» — Je ne l'ignore point, reprit l'autre
avec chaleur ; mais est-ce la première
fois que l'humanité a fait déroger à une
loi trop sévère ?... La bravoure bien
connue du commandant, les missions
importantes dont il a été souvent chargé, sa belle conduite à Iéna, sa fin mal-

heureuse attestée par le témoignage du major C*** : tout se réunit pour inspirer l'intérêt en faveur de la famille de ce brave militaire. Un mot, un seul mot de vous, mon père, assurera l'existence de deux infortunées qui n'ont d'autres richesses que leurs vertus, d'autre héritage qu'un nom illustré par la gloire. »

Dans ce moment, la porte s'ouvrit entièrement.

« Venez, Madame, venez, Mademoiselle, dit le généreux jeune homme que la veuve et sa fille reconnurent alors pour l'obligeant inconnu auquel elles devaient cette entrevue ; venez joindre vos instances aux miennes, mon père n'y résistera point ; la veuve et la fille d'un brave trouveront toujours un appui dans sa protection.... et

dans mon cœur.., » ajouta-t-il plus bas
avec une émotion visible.

Le saisissement que cette scène avait
causé à la veuve était tel, qu'il lui ôtait
l'usage de la parole. L'éloge qu'elle venait d'entendre faire de son mari, cette
interpellation subite de son jeune protecteur, l'apparition inopinée du ministre, tout avait dérangé le cours de ses
idées, et, dans son trouble, elle oubliait
de répondre. Ludovise, au contraire,
animée par l'accent du jeune homme,
s'avança vers le ministre, et, avec autant de grâce que de sensibilité, lui dit:
« Je vous en conjure, Monsieur, soyez-
nous favorable!... c'est pour ma mère
que je vous implore!... Rendez à mon
père la gloire qui lui est due, en at-
testant par cet acte de justice, ou.... ce

bienfait..., qu'il est mort comme il a
vécu, pour l'honneur et pour la patrie !... »

Le ministre ne put résister à cette
simple et touchante prière ; il assura la
mère et la fille du vif intérêt qu'il prenait à cette affaire. « Je vais à l'instant
au conseil, dit-il; je présenterai votre
demande; le nom du brave de M*** est
trop connu, Madame, pour me faire
craindre d'éprouver un refus : j'ose
même assurer qu'en peu de jours vous
recevrez une réponse favorable ; je sol-
liciterai moi-même cette grâce; et,
avant la fin du mois, j'espère que vous
obtiendrez le brevet d'une pension ré-
versible sur la tête de votre aimable
fille. »

L'accent de bonté qui accompagnait

ces paroles fit une vive impression sur
le cœur des deux femmes; quelques
mots entrecoupés, des yeux remplis de
larmes, exprimèrent leur reconnaissance, et persuadèrent le ministre et
son fils mieux que les plus éloquens
discours. Ce sentiment, si doux à éprouver, a dans son expression quelque
chose qui va toujours au cœur de celui
auquel il s'adresse; et l'être qui, par
une fausse et vaine délicatesse, dit qu'il
ne sait point remercier, sans doute ne
sait point sentir.

Le ministre salua ses deux protégées
avec une bienveillance mêlée d'une
sorte de considération, son fils les accompagna jusqu'à la porte; il semblait
disposé à les conduire plus loin, lorsqu'un ordre de son père le rappela dans

le cabinet; il parut obéir avec regret, et prit congé d'elles avec un tendre respect.

En se retirant, le cœur de Séphélie était agité d'une émotion de joie qu'elle n'avait point encore éprouvée depuis son malheur. La certitude de voir l'existence de sa fille assurée, la possibilité de pouvoir réaliser ses projets, la pénétraient de reconnaissance envers la Providence qui avait ainsi béni sa démarche. Un sentiment aussi élevé et non moins doux remplissait l'ame de Ludovise; l'éloge flatteur que le fils du ministre avait fait de son brave et malheureux père, résonnait encore à son oreille. Ses manières nobles et affectueuses, le regard plein d'intérêt qu'il attachait sur sa mère, en plaidant avec

chaleur la cause de l'infortune, tout ce
qui pouvait flatter le sentiment filial de
Ludovise accroissait ce charme inconnu attaché au souvenir de l'aimable
jeune homme. Plongée dans ses douces
méditations, Ludovise suivait sa mère
en silence; en sortant du ministère,
elles avaient tourné leurs pas vers les
Champs-Élysées. Quand l'ame est affec-
tée par le bonheur ou l'espérance, la
vue des eaux, des arbres, et surtout
d'un beau ciel, lui devient nécessaire;
il lui faut quelque chose qui participe
au sentiment de l'infini qu'elle acquiert
dans de tels momens; il semble qu'elle
ait alors besoin de plus d'espace, et que
ces joies rapides que le ciel envoie quelquefois à la terre soient pour elle comme
un avant-goût de cette félicité sans

bornes qu'elle est appelée à connaître dans une autre vie.

Parvenues à l'extrémité d'une allée solitaire, d'où elles pouvaient apercevoir la Seine et les monumens somptueux qui décorent ses deux rives, Séphélie et sa fille s'assirent sous un arbre, et leurs yeux erraient avec délices sur ce tableau plein de grandeur et de magnificence. « Oui, disait la mère en continuant la conversation commencée, je veux retourner en Allemagne; les parens qui nous restent nous recevront, je l'espère, avec bienveillance : les Allemands sont bons, loyaux, amis sincères; notre vie sera uniforme, mais heureuse. Grâce au ciel, mon enfant, je n'ai plus pour toi la crainte de l'avenir ! Dans quinze jours nous partirons

6

pour le Hanovre; car je pense qu'à
cette époque toutes nos affaires seront
terminées. »

A ces derniers mots, Ludovise se sentit oppressée d'une tristesse inconnue ;
elle poussa un léger soupir, et sentit au
fond du cœur que cette France, qu'elle
allait quitter, était sa patrie, et que Paris lui était tout-à-coup devenu cher.
« Quoi ! se dit-elle, en tournant avec
mélancolie son regard sur les lieux en-
chanteurs auxquels il fallait renoncer,
je ne verrai plus ce fleuve majestueux
et tranquille, cette brillante coupole,
ces nobles monumens de la gloire de
ma patrie, et ce temple des arts enri-
chi de tant de merveilles !... »

La simple Ludovise ignorait ce qui
avait donné subitement tant de prix à

la ville dont elle avait naguère re-
douté le séjour ; mais elle cacha avec
soin l'émotion pénible qui remplissait
son ame d'amertume , et fille aussi tendre que sage, elle ne l'exprima point à
sa mère de peur d'altérer sa joie et l'espoir dont celle-ci paraissait pénétrée.

Dans les huit jours qui devaient s'é-
couler jusqu'à la réponse promise par
le ministre, Séphélie s'occupa des apprêts de son départ; elle fit quelques
emplettes indispensables pour elle et
pour sa fille ; et certaine d'une augmen-
tation de fortune, elle anticipa un peu
sur les fonds qu'elle avait en réserve
pour son voyage. Cependant la huitaine
se passa tout entière sans qu'aucun
message du ministre vînt confirmer les
espérances de Séphélie; le neuvième

jour la veuve et sa fille éprouvèrent quelques inquiétudes ; le dixième ce fut encore pis ; enfin , au bout de quinze jours ,
et quand elles eurent toutes deux épuisé
le chapitre des conjectures sur ce retard
inconcevable , la veuve se décida à retourner chez son protecteur. Cette fois,
et comme par une prévoyance de l'a-
mour maternel, Séphélie exigea que sa
fille l'attendît à l'hôtel ; et Ludovise, par
un sentiment indéfinissable, mais qui
ne tenait qu'à la situation de son cœur,
car elle ignorait les véritables inquiétudes de sa mère, n'insista point pour
l'accompagner.

Cependant ces inquiétudes étaient
vives et fondées ; depuis quelques jours,
on parlait hautement d'un prochain
changement dans le ministère. Quoique

les relations de la veuve fussent extrê-
mement bornées, ces bruits étaient venus jusqu'à elle, et le silence du ministre lui faisait pressentir une catastrophe
dont elle ne serait pas la seule victime.
Tout en s'efforçant vainement de chasser
de son esprit ces craintes qu'elle croit
encore exagérées, elle arrive au ministère, et demande au concierge si elle
peut être admise à l'audience publique;
mais cet homme, naguère si poli, lui
répond avec toute la morgue et l'indif-
férence de son état, que Son Excellence
n'accorde d'audience que sur une lettre
de demande, et il referme brusquement
la porte. Séphélie interdite n'ose faire
d'autres questions; elle se rend dans
les bureaux pour obtenir quelques ren-
seignemens sur l'objet qui l'intéresse;

elle parvient jusqu'au cabinet du chef
par le conseil duquel elle s'est adressée
au ministre; mais quel est son trouble
en voyant qu'une autre personne occupe sa place! Elle expose timidement
l'objet de sa visite, et demande si le
brevet d'une pension de veuve a été
renvoyé dans les bureaux!

« Je l'ignore, Madame, répond l'employé avec politesse; n'étant que depuis peu de jours au ministère, je ne
suis pas encore au courant de ce qui
s'est fait dans nos bureaux sous l'ancien
ministre.

»— Sous l'ancien ministre! interrom-
pit la veuve en pâlissant. Que voulez-
vous dire ?...

» — Ignorez-vous donc, Madame,
que M. D*** a quitté le ministère,

et qu'il est remplacé par M. C***?... »

Séphélie que ce peu de mots avait glacée d'effroi gardait le silence.

« Adressez une nouvelle demande au ministre sur cette affaire, continua l'employé touché de l'angoisse visible de la pauvre veuve, et si je puis vous être utile, Madame, je le ferai avec plaisir; il se peut que votre demande ait été accordée, mais qu'elle n'ait pas encore été renvoyée dans nos bureaux... »

Séphélie revint chez elle, triste et découragée; Ludovise, en apprenant ce fâcheux contre-temps, ne fut sensible qu'au chagrin qu'il causait à sa mère, ne pouvant croire que ses inquiétudes fussent fondées, au point d'abandonner toute espérance. « C'est un retard, disait-elle en cherchant à consoler sa mère,

croyez-le bien, *il* n'aura pas voulu laisser
son ouvrage imparfait, et dans quelques jours, peut-être, vous recevrez la
preuve *qu'il* ne nous a pas oubliées. »

On devine quel était celui dont Ludovise parlait ainsi, et en qui la confiance de la jeune fille était si bien établie. Sa mère, moins crédule, écrivit au
nouveau ministre, et en rappelant ses
titres à l'intérêt du gouvernement, elle
ajoutait les espérances dont l'avait flat-
tée M. D***.

Quinze jours se passèrent dans une
pénible attente; enfin la veuve reçut
une courte missive par laquelle on lui
apprenait que le travail du précédent
ministre n'ayant point été approuvé
par son successeur, on examinera de
nouveau ses droits et sa demande. Cette

froide réponse éteignit le faible espoir
qui veillait encore dans le cœur de la
veuve; Ludovise en parut attérée, *il*
l'avait donc oubliée!... Et cet intérêt si
tendre qu'il avait témoigné à deux infortunées, n'était donc que cette falla-
cieuse politesse en usage dans le monde,
et qui, à ce que disait sa mère, trompe
quelquefois si cruellement les cœurs
simples comme le sien!... Elle joignit
les mains en silence, et consomma se-
crètement le sacrifice le plus douloureux
pour elle, celui du culte de reconnaissance qu'elle avait voué à son jeune protecteur... Ah! si Ludovise avait su qu'au
milieu des chagrins qu'une destitution
inattendue avait causée à la famille du
ministre, l'obligeant jeune homme avait
adressé à la veuve quelques mots de

consolation et d'espoir; si elle avait su
que, dans le tumulte du départ, cette
lettre, confiée à un domestique négli-
gent, avait été égarée; que le jeune
homme qui, dans son billet engageait
la veuve à l'instruire du résultat des dé-
marches qu'il lui conseillait de faire, en
attendait la réponse; enfin, que tout
entier aux devoirs d'un bon fils, il
avait, dans la nuit même, accompagné
son père dans sa retraite; Ludovise,
loin de livrer son ame au sentiment
amer que lui causait cet apparent oubli, eût béni le ciel de lui avoir donné
pour protecteur un être aussi bon, aussi
sensible; mais les jours s'écoulaient, la
veuve ne reçut aucun message, et Ludovise se crut oubliée.

Séphélie, tout occupée de la perte

de ses espérances, ne remarqua point
le genre d'impression que cette nouvelle produisait sur sa fille ; mais attri-
buant sa tristesse subite aux motifs qui
l'affectaient elle-même, elle chercha à la
ranimer par les plus tendres caresses.
Oh ! que le sein d'une mère est doux à
trouver dans ces momens d'amertume !
Avec quel douloureux abandon n'y dé-
pose-t-on pas souvent à son insu ces
larmes brûlantes, furtives, involon-
taires, que nous arrachent quelquefois
un amour trompé, une confiance trahie,
ou la perte d'autres espérances flétries
dans leur fleur !...

Ludovise, pressée dans les bras ma-
ternels, ne put contenir ses pleurs : « Re-
mets-toi, ma fille, dit Séphélie trompée
par ces marques d'attendrissement ;

nous ne sommes pas tout-à-fait pauvres; avec le peu qui nous reste, nous
pourrons vivre encore; s'il me faut renoncer pour toi à un sort plus convenable, j'en ferai le sacrifice, pourvu
que toi-même....

»—Ah! ma tendre mère! reprit Ludovise en essuyant ses larmes; je ne crains
l'avenir que pour vous! mais soyez sûre
de mon courage; près de vous, je n'en
manquerai jamais!... »

Il y avait près d'un mois que la veuve
attendait la décision du nouveau ministre; malgré la plus stricte économie,
l'argent qu'elle avait réservé pour son
séjour à Paris diminuait à vue d'œil,
tandis que sa santé, déjà affaiblie par
tant de chagrins, éprouvait une altéra-
tion encore plus sensible. Il fallait pren-

dre un parti; si elle n'obtenait point la
pension qu'elle sollicitait, il fallait renoncer au projet d'aller vivre en Allemagne ; et réduites alors à leur faible
revenu, la veuve et sa fille devaient
songer à se procurer loin de Paris,
dont le séjour leur paraissait trop coû-
teux, quelque retraite bien modeste pour
y passer une vie ignorée. Mais bientôt
un nouveau malheur vint les forcer à
prendre une détermination.

Le trimestre de leur rente était échu.
Un matin Séphélie quitte sa fille pour
aller le toucher chez l'homme d'affaires
à qui elle avait confié sa modique fortune. Une heure après Ludovise voit
rentrer sa mère pâle et les yeux égarés; elle court à elle avec inquiétude,
lui demande la cause de l'état où elle se

trouve; Séphélie ne répond que par de profonds soupirs. Un tremblement convulsif agite tous ses membres; Ludovise redouble ses questions et ses caresses; enfin, la malheureuse mère, en serrant sa fille sur son cœur, lui apprend que désormais elles ne possèdent plus rien sur la terre; que l'homme d'affaires chez lequel elle a placé ses fonds vient de faire banqueroute.

Cette annonce frappe douloureusement Ludovise; mais l'état où cet événement plonge sa mère la rappelle promptement à elle-même; elle s'empresse de la mettre au lit et de lui préparer les calmans qu'elle a coutume de lui donner dans les crises nerveuses auxquelles cette pauvre mère est sujette depuis ses malheurs; cette fois

ses soins ont un résultat moins prompt
et moins heureux. Le jour s'écoule sans
que la veuve paraisse soulagée. Vers
le soir un pénible sommeil, causé par
la fatigue et l'affaiblissement des organes, s'empare d'elle; Ludovise, le
cœur oppressé par la plus affreuse angoisse, s'assied près de son lit et la
veille avec une tendre inquiétude ; la
malade semble agitée par des songes
effrayans; à son moindre mouvement,
la jeune fille se lève, lui parle, l'embrasse, lui offre à boire et l'encourage. Tant que dure la nuit, la tendre
fille ne quitte point son chevet , *et
qu'une nuit est longue à la douleur qui
veille !* Le chagrin tient ses yeux ou-
verts; les paroles de sa mère, l'état
alarmant où elle la voit, sont un texte

suffisant à ses méditations ; il semble
que cet événement ait développé toutes
les facultés intellectuelles de la jeune
fille ; à peine hors de l'enfance, le malheur l'a tout-à-coup mûrie. Que faire
maintenant ! que devenir ! Il leur reste
si peu d'argent !... L'avenir l'effraie
moins encore que le présent ; elle re-
cherche avec inquiétude, parmi les lé-
gers talens qu'elle tient de sa mère,
quel est celui qui pourra lui fournir
le moyen d'échapper à l'affreux dénue-
ment qui les menace. Elle possédait
l'art de la broderie dans toute sa per-
fection ; une robe qu'elle avait commencée en arrivant à Paris et qui occupait tous ses momens de loisir, était
presque terminée ; l'idée de s'en créer
une ressource contre les besoins du

moment la frappe subitement , et , sans
perdre un instant , elle se met à l'ouvrage.

Au point du jour l'agitation de Séphélie parut se calmer , et Ludovise ,
appuyée sur le bord de son lit, goûta
quelques momens de repos. A son réveil
son regard rencontre celui de sa mère ,
attaché sur elle ; l'expression quoique
tendre en est singulière, et sa fixité
frappe Ludovise d'un secret effroi ; elle
cherche par les plus tendres caresses à
dissiper l'espèce de terreur qui y règne ;
elle y réussit en partie, mais la faiblesse
de la malade est telle, qu'elle ne peut
quitter son lit. Ses souffrances paraissent diminuées, mais son abattement de
corps et d'esprit est extrême ; pensive,
absorbée , elle semble réfléchir profon-

dément. Ludovise croit que sa mère
s'occupe à former un plan pour l'a-
venir, et pourtant elle a remarqué que
la moindre allusion à leur situation
présente suffit pour lui causer d'hor-
ribles attaques de nerfs ; elle évite
avec soin tout ce qui peut en ré-
veiller l'idée, elle respecte son silence
et se borne à prévenir tous ses dé-
sirs ; mais plusieurs jours s'écoulent
ainsi ; et l'état de Séphélie ne s'améliore
point. Lorsqu'elle veut quitter son lit,
ses jambes refusent de la porter, son
accablement est toujours le même, elle
sourit faiblement aux caresses de sa
fille, la suit des yeux avec mélancolie;
de profonds soupirs troublent son sommeil, et chaque fois que Ludovise épie
son réveil, la singulière expression de

son regard effraie la tendre fille sans
l'éclairer sur le malheur de sa mère.

Il n'est que trop vrai! l'ame vive,
ardente de Séphélie n'a pu supporter les
coups funestes qui l'ont successivement
frappée; ses organes se sont affaiblis, et
à une paralysie des jambes, s'est jointe
une sorte d'aliénation mentale qui va
priver sa fille du seul appui qu'elle eût
sur la terre. La malheureuse enfant ne
soupçonne point ce fatal événement;
elle attribue au chagrin l'incohérence
des discours de sa mère, et l'étrange
apathie où elle reste plongée depuis la
perte de toutes leurs espérances. Alliant
aux devoirs du plus tendre respect ce
que lui commande la prudence, elle se
charge entièrement de la direction du
petit ménage, puisque, par un doulou-

reux changement de destinée, elle est
subitement devenue le soutien et l'appui
de celle qui devait encore long-temps
guider sa tendre jeunesse. Ce noble
emploi n'effraie point son jeune courage, elle l'accepte dans toute son éten-
due : « O ma mère ! dit-elle animée par
le plus pur enthousiasme, le ciel m'a-
vait donnée à toi, le malheur te donne
à moi ! je travaillerai, je veillerai, je
ne vivrai que pour toi... »

Et le souvenir de la pieuse Ruth,
adressant ces paroles à sa mère adop-
tive, revenait à sa pensée, et comme elle
Ludovise se sentait le courage d'aller
ramasser les épis négligés par l'opu-
lence, dût-elle, comme la jeune Moa-
bite, supporter les injures ou les rail-
leries des grossiers moissonneurs.

Il n'y a rien de plus sage et de plus utile dans la vie que de savoir prendre un parti. Une ame forte qui ose regarder le malheur en face, trouve bientôt des moyens pour le combattre ou pour le supporter; Ludovise soutenue par ces nobles sentimens, et surmontant sa timidité, a été offrir son ouvrage à une lingère du voisinage. Une admiration muette s'est peinte dans les yeux des jeunes filles du magasin, mais la cupidité de la maîtresse en comprime l'élan, et lui fait sans honte offrir la moitié du prix que vaut ce travail; Ludovise, qui en ignore la valeur, se trouve encore heureuse d'échanger ainsi le fruit de ses loisirs contre un métal devenu bien précieux pour elle, puisqu'il sera consacré à nourrir sa mère. Elle propose à

la lingère de fournir d'autres broderies
du même genre; cette offre est accep-
tée sur-le-champ, et Ludovise, joyeuse
et fière d'avoir si bien réussi, revient
près de sa mère.

En rentrant dans cet appartement,
que sa situation sur une cour intérieure
rend sombre et froid, le cœur de Ludovise se serre de tristesse : une partie
de l'argent qu'elle vient de recevoir va
être employée à en payer le loyer, comment paiera-t-elle celui du mois prochain et de ceux qui suivront?... Cette
idée, ainsi que celle des autres besoins
qui vont les assaillir, font rêver la pauvre Ludovise ; mais chez elle la réflexion
amène toujours d'heureux résultats;
elle se décide à quitter cette demeure,
d'un prix trop élevé pour leur pauvreté,

et à chercher dans un faubourg une seule chambre où elle puisse soigner sa mère et travailler pour elle ; elle pense aussi qu'un air pur, la vue du soleil, et surtout l'éloignement de tout ce qui peut rappeler à sa mère de fâcheux souvenirs, contribueront au rétablissement de sa santé. Elle lui fait part de son projet ; la triste Séphélie approuve tout en souriant, ne fait aucune objection, et laisse sa fille entièrement maîtresse de son sort.

Ludovise exécuta son projet dès le jour même. Une femme allemande qui blanchissait leur linge avait la confiance de la veuve et de la fille ; ce fut à elle qu'elle s'adressa pour lui chercher un modeste réduit situé en bon air, et loin du tumulte. Cette femme obligeante et

honnête lui proposa pour un prix assez
médiocre, mais qui paraissait encore
bien considérable à Ludovise, une petite chambre toute meublée avec un
cabinet, dans la maison même qu'elle
occupait. Avant de l'accepter, Ludovise
calcula combien il faudrait de journées
de travail pour satisfaire à cet engage-
ment, et comme dans l'imagination de
la courageuse enfant les jours ont vingt-
quatre heures, et qu'elle les donnera
presque toutes au travail, elle entrevoit
la possibilité de faire honneur à tout.

Avant le soir Ludovise et sa mère
étaient installées dans leur nouvelle demeure. Un fiacre a transporté l'infortunée Séphélie qui, presqu'insensible
à ce qui se passe autour d'elle, obéit
machinalement à l'impulsion qu'on lui

donne, et ne sort de son apathie que pour répondre à sa fille, dont la voix et les caresses semblent seules l'émouvoir.

Tant que les dispositions de ce nouveau genre de vie ont occupé Ludovise, elle n'a point senti dans toute son horreur le malheur de sa pauvre mère, et quoique les jours s'écoulent sans apporter aucun changement dans sa manière d'être, elle n'entrevoit pas encore l'affreuse vérité ; il faut qu'un mot prononcé au hasard vienne en l'éclairant frapper cruellement le cœur de la tendre fille. Un matin, en remontant chez elle, Ludovise entend la femme qui lui louait une chambre réprimander assez vivement une de ses filles, et, comme celle-ci écoutait la remon-

trance maternelle sans répondre : « Eh
bien ! s'écria la mère exaspérée, qu'est-
ce que tu as à me regarder fixement
comme cela ?... On croirait que tu es
folle comme cette pauvre dame de là-
haut.... »

Ces paroles font tressaillir Ludovise,
et jettent une affreuse et soudaine lumière dans son esprit. Elle ne peut
plus douter de son malheur; son guide,
son appui, sa mère, a perdu la raison !...

Rien ne peut exprimer la douleur
qui frappa le cœur de Ludovise en faisant cette triste découverte. Un profond
désespoir s'empara d'elle. Dans l'igno-
rance où elle était des choses de la
vie, elle ne sait pas s'il est un remède
à cette maladie terrible. Bien plus, par
un préjugé, fruit d'une éducation obs-

cure, elle croit une sorte de honte at-
tachée à ce malheur ; aussi elle prendra
toutes les précautions imaginables pour
en dérober la connaissance à tout le
monde ; sa piété filiale se révolte à l'idée
que sa mère pourrait devenir pour les
indifférens un objet de raillerie ?....
Cependant cette fatale découverte ouvre un champ plus vaste à ses tristes
réflexions : si cet état continuait !... si
même il s'aggravait !... Pourrait-elle
bien subvenir à tous les besoins de
cette mère infortunée ?... Des secours
particuliers ne lui seront-ils pas né-
cessaires ?... Et comment se les procurer dans l'état précaire où elle se
trouve ? De quel côté les chercher ?...
Qui connaît-elle dans le monde ?... A
cette pensée une image chérie s'élève

confusément du fond de son cœur ;
mais sa main comprime fortement les
battemens de ce cœur déchiré ; elle
secoue tristement la tête ; un amer sourire passe sur ses lèvres, et la ravissante illusion s'évanouit....

Bientôt un intérêt plus grave vient
occuper sa pensée ; n'est-ce point à
Paris qu'habite l'oncle de son père, le
comte de M***? Ce vieillard, long-temps
inexorable, le sera-t-il toujours ?....
Non !... Ludovise ne croit point à la
haine ; elle essaiera d'attendrir le seul
parent qui lui reste ; elle l'implorera
en faveur de sa mère ; il comprendra
sa douleur ; il lui accordera secours et
protection.

Sans perdre de temps, Ludovise écrit
à ce parent. Sa lettre, naïve expression

de son ame, contient tout ce qui peut
exciter au plus haut degré l'attendrissement et l'intérêt; elle lui confie, sous
le sceau du secret, la situation d'esprit
de sa malheureuse mère, et lui demande ses conseils.

Elle a trouvé dans les papiers de son
père l'adresse du comte de M***, qui,
retiré dans le fond du Marais, semblait
avoir rompu toute relation avec le
monde. Ce vieux célibataire, livré aux
soins cupides de ses domestiques et
d'une gouvernante qui avait vieilli en
attendant son héritage, ignorait l'existence de sa nièce; n'ayant pour amis
que deux ou trois parasites et un perroquet aussi vieux que lui, il n'avait
conservé de la vie que les passions hai-
neuses dont l'activité semblait soutenir

seule sa frêle existence. L'animosité
opiniâtre qu'il nourrissait contre son
neveu était tout aussi vive que seize
ans auparavant.

C'est à cette ame froide et dépouillée
de tous les intérêts de la vie que s'a-
dresse la tendre et véhémente prière
de l'orpheline. Depuis plusieurs années
la vue du vieillard s'était fort affaiblie,
et sa gouvernante, nouvelle madame
Évrard, mais de l'espèce la plus odieuse,
était à la fois sa lectrice et son secrétaire. Ce fut donc cette femme qui reçut
la lettre de Ludovise. A la première
lecture qu'elle en fit rapidement, une
vive terreur s'empara d'elle; elle frémit
à l'idée de voir approcher de son maître quelqu'un dont l'influence pourrait
changer les dispositions du vieillard à

son égard; aussi lorsqu'elle reçut l'ordre de lire la lettre à haute voix, elle employa tout ce que son ame basse et vénale lui suggéra pour atténuer l'effet que cet écrit pourrait produire sur l'esprit du vieux comte; sa voix fausse et nazillarde donna à cette lecture un accent si emphatique, elle en tronqua tellement les expressions, enfin elle donna à tout l'ensemble quelque chose de si ridicule, que le vieillard, qui contre son ordinaire avait écouté d'une manière fort attentive, ne put s'empêcher de dire que cette lettre semblait être celle d'une comédienne ou de quelque chose dans ce genre-là. Madame Léonard, c'était le nom de la gouvernante, le maintint dans cette opinion, et le résultat fut que cette lettre, où la

piété, la tendresse filiale développaient
un si beau caractère, ne servit que d'objet de risée à un vieillard imbécille et
aux misérables qui l'entouraient.

Ludovise attendait avec impatience
le succès de sa missive, les yeux attachés sur sa mère, répondant par un signe de tête au douloureux sourire qui
depuis son malheur errait sur ses lèvres
décolorées, lui cachant avec soin les
larmes amères que cet état lui arrachait,
et s'échappant souvent de la chambre
pour pleurer sans contrainte; ses beaux
jours s'écoulaient dans l'angoisse et le
chagrin. Enfin elle reçoit la réponse at-
tendue; elle ouvre précipitamment cette
lettre.... Elle ne contient qu'un dur refus, et le comte, en rejetant toute
prière, laissait percer dans ses expres-

sions quelque chose d'injurieux pour la mère de Ludovise.

A cette vue, le front de la jeune fille se colore d'une noble rougeur. « Il n'était pas digne, s'écria-t-elle, que je lui demandasse des secours pour ma mère !... »

Cependant une réflexion plus calme succède à ce transport ; elle va chercher des lettres que jadis cet oncle dénaturé écrivit à son père, et voit avec une faible lueur d'espoir que celle qu'elle vient de recevoir n'est point de son écriture. « Grâce au ciel ! s'écrie-t-elle avec presque autant de joie qu'elle avait éprouvé de colère un instant auparavant, la lettre n'est point de lui.... qui sait même s'il l'a dictée !... J'irai ; oui, j'irai moi-même ; je me jetterai à ses

pieds, s'il le faut. O ma mère! rien ne
me coûtera pour te procurer une existence plus douce et plus heureuse !... »

Elle effectue dès le lendemain son
généreux dessein. Que nos jeunes lec-
trices élevées dans Paris ne voient rien
d'exagéré dans cette expression ; Ludovise, accoutumée à la retraite la plus absolue, timide comme un enfant, rougissant chaque fois qu'on lui adressait
la parole, sentant battre son cœur d'une
crainte inconnue lorsqu'elle entend un
homme marcher derrière elle ou fre-
donner à ses côtés ; ignorant le nom des
rues, des quartiers, obligée de traverser seule une ville immense pour aller af-
fronter le froid égoïsme d'un vieillard
implacable, peut-être la dure insolence de ses valets, n'est-elle pas digne

à la fois d'admiration, de pitié et d'intérêt?

Après avoir pourvu aux besoins de sa mère et prié un des enfans de la maison de rester près d'elle pendant son absence, elle embrasse cette mère chérie, objet de soins si tendres; sans lui dire les motifs qui l'obligent à sortir si matin, elle l'en prévient pourtant de peur que son absence ne lui cause du chagrin. Avant de partir elle a examiné avec soin un plan de Paris, elle a tracé son itinéraire de manière à n'être point obligée de demander son chemin. Munie de cette note et à demi cachée sous un grand chapeau de paille, elle se met courageusement en route.

Son trajet se fit sans accident : consultant sa liste avec attention, elle jetait

un regard furtif au coin de chaque rue,
et lorsqu'elle y voyait le nom indiqué
par sa note, joyeuse, elle continuait
son voyage. Comme jadis le pieux pé-
lerin allant accomplir un vœu ou demander une grâce insigne à quelque
saint tombeau, de même Ludovise,
toute occupée d'idées graves, ne voit,
n'entend rien autour d'elle; elle ne
songe qu'à la démarche qu'elle va faire;
oublie la fatigue, la longueur du chemin, répète à voix basse le nom chéri
de sa mère pour ranimer son courage,
et par la rapidité soutenue de sa marche, déconcerte plus d'une fois la curiosité de quelques jeunes oisifs qui,
attirés par l'élégance de sa taille et la
grâce de son maintien, l'avaient suivie
à son insu.

Pour la dernière fois elle consulte son itinéraire : rue Saint-Paul !.... Ce nom fait battre son cœur. C'est ici le terme de son voyage ; voilà le vieil hôtel habité par sa famille depuis le temps de Charles VI, seul débris d'une grande fortune, et qui renferme lui-même un autre débris ! Ludovise en examine la porte et les murailles noircies avec un léger frémissement ; les contes de fées, charme de son enfance, lui reviennent à l'esprit : elle lève le lourd marteau, et croit voir la porte s'ouvrir par les soins d'un nain horrible ou d'une affreuse ogresse ; cependant chassant bientôt ces puériles terreurs, elle entre avec une espèce de fierté dans la demeure de ses ancêtres.

Tout dans cet antique séjour porte

l'empreinte de la vétusté; un vieux portier répond à sa question en lui indi-
quant l'appartement de madame Léonard.

« Je désire parler à M. le comte de
M*** lui-même et non à sa gouvernante, » répond Ludovise avec assez
d'assurance.

« M. le comte n'est pas visible, dit le
portier, et quand il le serait, personne
n'est admis chez lui sans parler d'abord
à madame Léonard. »

Ludovise réfléchit un instant. Elle
sentait bien tout ce qu'une pareille entrevue pouvait avoir de désagréable
pour elle; mais ne voyant pas d'autre
moyen d'arriver à son but, elle s'arma
de courage, et dit : « Eh bien ! faites-
moi parler à madame Léonard !.... »

Le portier ferme la loge et se met en devoir de traverser la cour; tout-à-coup il ralentit sa marche et revient sur ses pas : « Que voulez-vous à madame Léonard! dit-il; elle déjeune en ce moment, et n'aime pas qu'on la dérange....

» — Allez dire à cette femme, reprit Ludovise avec un peu de cette fierté que, malgré la médiocrité de sa fortune, elle retrouvait souvent dans son cœur, que la fille du commandant de M*** demande à parler à son maître!... »

A ce nom le vieux portier souleva son bonnet, et, ouvrant la porte d'une antichambre vis-à-vis de sa loge, y fit entrer Ludovise avec empressement. « La fille du commandant de M***, de M. Abel! répéta-t-il; raison de plus,

ma chère demoiselle, pour ne pas abor-
der madame Léonard sans précaution !..
O mon Dieu ! je l'ai bien connu, ce bon
M. Abel, le neveu de Monsieur ! Il passait à l'hôtel tous ses jours de fête et
de congé. Il s'ennuyait bien quelquefois, mais il venait dans ma loge me
prier de lui conter des histoires ! Ce
cher enfant, il y a bien long-temps de
cela !... Et vous êtes sa fille ?... Mais, ma
belle demoiselle, vous venez.... Je ne
sais si.... Madame Léonard est une terrible femme !...

» —Eh bien ! dit vivement Ludovise
que les souvenirs du vieillard avaient
attendrie, puisque vous avez aimé mon
père, soyez utile à sa fille ! et faites-
moi parler à mon oncle sans l'interven-
tion de cette femme....

»—Dieu m'en préserve!»reprit-il avec
l'accent de la crainte et en regardant
avec soin s'il ne pouvait être entendu.
« Ce serait contre mes ordres; je per-
drais ma place, et sur mes vieux jours....
que deviendrais-je? Tout ce que je
puis faire, continua-t-il en hésitant et
en la regardant comme s'il faisait l'ins-
pection de sa toilette, si toutefois vous
le permettez, c'est d'aller dire à madame Léonard que vous êtes la jeune
ouvrière qu'elle attend ce matin.... elle
est auprès de Monsieur; sans doute elle
vous fera entrer, alors....

» — Brave homme, s'écria Ludovise
en serrant la main du vieillard sur son
cœur, soyez sûr de ma reconnaissance!...

Le portier sourit, lui fit un petit

signe d'intelligence et entra dans la
longue suite d'appartemens qui for-
maient le rez-de-chaussée de l'hôtel, et
que le vieux comte habitait de préfé-
rence à cause de son grand âge.

Les fenêtres donnaient sur un parterre dessiné à l'antique, orné de buis
et d'ifs taillés avec soin ; des berceaux
de treillages, d'informes statues en cos-
tume de jardiniers, de bergères et d'ab-
bés, le décoraient, et attestaient le goût
suranné du propriétaire.

Ludovise, restée seule, toute préoc-
cupée de l'entrevue qui allait avoir
lieu, s'était approchée de l'une des fenêtres, et ses yeux erraient sur ce triste
jardin. Bientôt, à son extrémité, elle
voit une porte s'ouvrir, un domestique
et une femme d'un certain âge en sor-

tent et roulent avec effort un immense
fauteuil dans lequel est enfoncé un
vieillard. A cette vue, Ludovise ne
doute point qu'elle n'ait devant elle
l'oncle redoutable dont elle vient af-
fronter la présence. On le place au soleil, des coussins soutiennent ses bras,
des couvertures entourent ses jambes,
sa tête couverte d'une coiffe blanche
est abritée par un garde-vue vert; on
apporte près de lui le perchoir de son
vieux perroquet, et sur une petite table
placée à ses côtés, on dépose son mou-
choir et sa tabatière; les domestiques
se retirent et le vieillard reste seul. Cet
isolement auquel il doit être souvent
livré, attendrit Ludovise et lui inspire une résolution subite et hardie;
déjà elle entend la voix aigre de la

gouvernante et les pas pesans du portier qui vient sans doute la chercher.
Ludovise n'hésite plus, elle ouvre précipitamment la fenêtre, saute légère-
ment dans le jardin, le traverse, et en
deux secondes est aux pieds du vieillard.

« O mon oncle, s'écrie-t-elle agitée
par la plus vive émotion, pardon-
nez-moi de me présenter ainsi devant
vous;... mais je n'ai pu croire que vous
resteriez insensible à mes prières; ac-
cordez votre tendresse, votre protection à l'orpheline qui porte votre nom!
C'est au nom de mon père, de votre
cher Abel, que je vous implore pour
ma mère!... »

En disant ces mots entrecoupés par
ses pleurs, elle baisait les mains des-

séchées du vieillard qui, surpris de
cette brusque apparition, et presque
ému en voyant à ses pieds l'innocence
et la beauté sous leur plus touchant
aspect, ne pouvait que balbutier des
mots sans suite, car son attendrissement était égal à son embarras.

« Voilà qui est bien ! voilà qui est
bien ! répétait-il ! remettez-vous, ma
chère enfant ! mais où est donc madame Léonard ! Tais - toi, Jacot !....
paix donc !... » Et le perroquet, effrayé
de cette scène, poussait des cris aigus,
auxquels se joignit bientôt la voix de
madame Léonard qui, voyant une
jeune fille aux pieds de son maître,
devina sur-le-champ qui elle pouvait
être et ce qu'elle avait à craindre. Elle
accourut, la fureur dans les yeux, et

affectant une fausse alarme pour la
santé du vieux comte : « Juste ciel !
Monsieur ! s'écrie-t-elle, cela va vous
rendre votre paralysie ? Est-ce ainsi
qu'on doit se présenter devant un vieillard malade !... On veut vous tuer,
Monsieur !... Si c'est pour cela que vous
venez ici, ajouta-t-elle avec violence
en s'adressant à Ludovise, Dieu merci !
vous y réussirez. »

En effet, une quinte de toux, excitée
par les efforts qu'il avait fait pour faire
taire l'oiseau criard, venait de saisir le
vieillard cacochyme, et Ludovise effrayée commençait à se repentir de sa
précipitation. Insensible aux paroles
injurieuses de la mégère, elle regardait son oncle avec une tendre inquiétude ; mais la toux et la présence de ma-

dame Léonard avaient fait évanouir le
faible attendrissement que la vue de
l'orpheline en pleurs avait produit sur
lui, et quand il put parler : « Si votre
mère, dit-il en colère, vous a envoyée
ici pour m'enjôler, vous avez mal pris
votre temps; je n'aime pas toutes ces
belles phrases apprises comme un
rôle; allez, et ne m'importunez pas
davantage !...

» — Ma mère, reprit Ludovise avec
tristesse et douceur, m'avait appris à vous
regarder comme le père de mon père,
à ne prononcer votre nom qu'avec respect.... Ah ! quand elle reçut dans sa
chaumière votre neveu tout sanglant!
lorsque ses soins lui sauvèrent la vie,
elle ne pensait pas qu'un jour sa fille
rebutée par vous ;... mais adieu, mon

oncle ! Puisse le ciel protéger votre
vieillesse et vous pardonner vos in-
justes préventions !... »

Elle baisa encore une fois la main du
vieillard, et se retira avec une dignité
au-dessus de son âge, mais qui prenait
sa source dans le noble sentiment d'a-
voir fait son devoir.

Le portier avait accompagné madame Léonard lorsqu'elle était venue
interrompre l'entretien de l'oncle et de
la nièce ; il resta après le départ de cette
dernière dans l'intention d'être utile à
la fille de son ancien favori, et sans
doute son zèle eut quelque influence
sur les sentimens de son vieux maître,
car Ludovise était à peine dans le ves-
tibule qu'elle s'entendit rappeler par le
vieux serviteur.

« Eh bien ! ma chère demoiselle, lui dit-il avec l'accent de la compassion, vous n'avez réussi qu'à moitié, car la dame Léonard y a mis bon ordre; mais laissez faire, je saurai trouver quelques bons momens pour vous rappeler au souvenir de mon maître; vous l'avez touché, malgré tout, et la preuve c'est qu'il me charge de vous remettre cela... »

En disant ces mots, l'honnête portier lui glissa dans la main deux pièces de vingt francs. A cette vue, la dignité blessée fit d'abord battre le cœur de Ludovise, et son premier mouvement fut de rejeter avec mépris ce don qu'elle trouvait insultant; mais le souvenir de sa mère souffrante se présenta à sa pensée et dompta sa fierté; elle porta

10

l'or à ses lèvres ; jeta un regard plein
d'expression vers le ciel , en s'écriant :
« O ma mère !.. » et sortit de cette maison où pour la première fois de sa vie
elle subissait l'humiliation d'une au-
mône.

Elle hâta son retour autant que
possible ; elle trouva Séphélie triste et
inquiète de son absence. Combien il fut
pénible à la tendre fille de ne pouvoir
raconter à sa mère les événemens de la
journée, et de renfermer dans le fond
de son ame l'amer souvenir de tout
ce qui en avait blessé la délicatesse !
Elle garda donc tous ses secrets , et
ne songea plus qu'à bannir le trouble
et la tristesse de sa chère malade.
Elle se coucha bien fatiguée de sa
course et des émotions violentes qu'elle

avait éprouvées ; mais en s'endormant
près de sa mère, elle oublia tout ce que
ses émotions avaient eu de pénible, elle
pensa même que sa démarche pourrait
peut-être un jour ramener son oncle à
des sentimens plus doux, car elle avait
remarqué que sa plus grande rigueur
était due à l'influence de madame
Léonard.

Elle se réveilla avec cet espoir et le
garda pendant plusieurs jours. A quinze
ans, même avec des chagrins, l'espérance ressemble à une belle plante qui
dans un sol vigoureux développe, malgré la pluie et les vents orageux, la
beauté de ses fleurs et le luxe de
son feuillage. En effet la candeur, les
grâces touchantes de l'orpheline avaient
laissé diverses impressions aux antiques

habitans de la rue Saint-Paul. La plus
vive était celle qu'avait reçue le vieux
portier en voyant aux genoux de son
maître la fille de son cher Abel rebutée
par l'opiniâtre vieillard, et injuriée par
l'altière gouvernante. Il chercha l'occasion de se trouver seul près de son
maître pour lui parler de la jeune et
belle demoiselle ; mais madame Léonard redoutait trop son zèle pour lui
laisser ainsi le champ libre ; elle décon-
certa par sa présence continue tous les
plans du vieux domestique qui, déses-
péré de ne pouvoir parvenir à son but,
en chercha un autre moyen.

Parmi les amis du comte de M*** il
y avait un ancien capitaine du régiment
de Ch...., qui venait tous les jeudis
dîner à l'hôtel. Le capitaine avait été

jadis le protecteur du jeune Abel; c'était
lui qui avait déterminé l'oncle à céder
au désir que l'impétueux jeune homme
avait d'entrer dans la carrière militaire,
et qui lui avait fait obtenir un cheval et
un équipage complet lorsqu'il partit
pour l'armée. Plus d'une fois aussi, lors
de la mésintelligence survenue entre le
vieux comte et son neveu, au sujet du
mariage de ce dernier, il avait essayé de
ramener l'oncle à des sentimens plus
doux ; mais l'obstiné vieillard était de-
meuré inflexible, et le capitaine, de peur
de se brouiller lui-même avec son ancien ami, avait cessé toute sollicitation
et paraissait partager son ressentiment.
Ce fut à lui que s'adressa le portier, qui
ne pouvant traiter avec son maître la
question qui lui tenait tant au cœur,

attendit avec impatience le jeudi suivant. Il guetta l'arrivée du capitaine, et
le faisant entrer dans sa loge, il lui conta
comment une fille du bon M. Abel vivait
encore; comment se trouvant à Paris
presque dans la misère, elle était venue
implorer la protection de Monsieur; et
comment madame Léonard l'avait fait
renvoyer. Le zélé domestique, encore
attendri par le souvenir de la jeune demoiselle, ajouta que ce serait une honte
pour M. le comte, que la fille de son neveu, son propre sang, restât dans la pauvreté, tandis qu'une étrangère telle que
madame Léonard serait établie maîtresse dans la maison. Il plaida si bien
la cause de sa jeune protégée, que bien
que le capitaine, ponctuel comme tous
les vieux militaires, se fût rendu à

l'hôtel à l'heure précise du dîner, il l'écouta avec intérêt, et lui promit de parler au comte de cette affaire dès le jour même.

Il tint sa promesse; au dessert, et quand ils furent seuls, le capitaine mit la conversation sur ce sujet : c'était un des textes favoris du vieillard, et lui-même raconta la visite qu'il avait reçue. L'ami lui laissa d'abord exhaler la mauvaise humeur, excitée par les remarques de madame Léonard et ses anciens souvenirs; mais ensuite atta-quant le cœur du vieillard par le seul côté où il fût encore vulnérable, il lui fit sentir combien il serait injurieux pour le comte de M***, que celle qui portait son nom fût réduite à tra-vailler pour vivre. Il appuya son opi-

nion de motifs si plausibles, que le
vieillard à moitié convaincu se rendit enfin ; il fut convenu que le capitaine se chargerait de toute la négocia-
tion, « et pourvu, ajouta le vieux comte
avec opiniâtreté, que vous ne me for-
ciez pas à voir cette femme qui a dérangé tous les projets que j'avais faits
pour ma vieillesse, je vous donne pleins
pouvoirs pour le reste. »

Le capitaine prit l'adresse de Ludovise, et muni de l'entière procuration
de M. de M***, il se rendit le lendemain chez la veuve du commandant.

Il était onze heures du matin quand
le capitaine frappa doucement à la
porte de Ludovise. La jeune fille tra-
vaillait près de la fenêtre ; elle hésite
un moment, jette un regard craintif

vers le lit de sa mère : la chambre est
en ordre ; d'ailleurs Ludovise n'attend point de visite, si ce n'est celle
d'une lingère qui lui apporte de l'ouvrage, ou quelquefois celle de l'honnête blanchisseuse qui la loge. Sa
mère, qui a passé une nuit pénible, re-
pose maintenant ; Ludovise se lève à
demi, et dit d'une voix douce : « En-
trez.... »

La porte s'ouvre, et au lieu de la figure de la jeune lingère ou de sa
bonne hôtesse, Ludovise aperçoit un
petit vieillard un peu courbé par l'âge
et dont l'air sec et froid contraste avec
la politesse de ses manières ; il s'informe s'il est bien chez mademoiselle
Ludovise de M***. La jeune fille répond
à cette question avec un peu d'embar-

ras, sans pouvoir deviner le but de
cette visite; mais le capitaine ne la
laisse pas long−temps dans l'incertitude, il prononce le nom du comte de
M***, et explique en peu de mots son
message.

D'abord la jeune fille, en entendant
parler de son oncle et de ses dispositions bienveillantes, se livre à toute
l'effusion de la plus vive reconnaissance. « O ma mère, dit−elle, tu vas
être heureuse, il s'est laissé fléchir!... »
Elle ne doute pas que l'unique objet
de ses pensées, sa mère, ne soit enfin
reconnue et accueillie comme une fille
chérie par M. de M***, et quoique ce
changement lui paraisse prodigieux,
elle y croit et s'abandonne à sa joie
naïve.

Le capitaine, qui connaissait les
dispositions de son ami, ne pouvant
outre-passer ses pouvoirs, se trouvait
embarrassé d'énoncer clairement les
propositions qu'il était chargé de transmettre ; il prit enfin son parti. Après
s'être un peu préparé, il pria la jeune
fille de se calmer, de l'écouter avec
attention, et lui dit : « Je me suis chargé,
Mademoiselle, d'une mission aussi dé-
licate qu'honorable, et je me trouve
heureux d'avoir été choisi pour apporter des paroles de paix et de ré-
conciliation entre les membres d'une
famille dont le chef a pour moi quelque amitié. Je ne doute nullement
de les voir accueillies par une personne
qui, comme vous, Mademoiselle, pos-
sède dans un âge encore tendre, un

esprit juste et une raison prématurée.
Il faut vous l'avouer, Mademoiselle,
le coup porté aux espérances de M. de
M***, par le mariage inconsidéré de
son neveu, a laissé dans son ame
des traces ineffaçables; mais vous êtes
un rejeton de sa noble famille, vous
avez imploré ses bontés, et ce ne sera
pas en vain; il veut satisfaire à ce qu'il
doit à son neveu, à ce qu'il doit à son
cœur; il vous offre donc comme à l'hé-
ritière de ce nom jadis illustre, et de
quelques biens, que malgré sa colère
il n'a point encore aliénés, sa tendresse et sa protection. Toutefois vous
concevez, Mademoiselle, que pour
figurer dans le monde où vous appel-
lera bientôt votre naissance et votre
fortune, vous avez besoin d'un autre

guide qu'une femme, respectable sans
doute par son malheur, mais ignorante
des usages du monde et dont l'esprit est
affecté peut-être pour la vie. M. le
comte se propose de placer votre
mère dans une de ces maisons où les
personnes atteintes de ce genre de
maladie sont traitées avec le plus
grand soin, et là rien ne lui rappelant
ses chagrins passés, elle en perdra peu
à peu le souvenir. Pour vous, Mademoiselle, après avoir passé un an dans
une de nos premières maisons d'éducation, vous viendrez prendre posses-
sion du rang que vous destine la bonté
d'un oncle peut-être un peu trop attaché à son opinion, mais qui n'en
mérite pas moins toute votre reconnaissance. »

Le capitaine aurait parlé long-temps
de la sorte sans que Ludovise eût songé
à l'interrompre, tant l'étonnement et
la douleur de voir ses espérances dé-
çues, jetaient de trouble et de confu-
sion dans son esprit. L'envoyé de M. de
M***, fier de son éloquence, la tira enfin de l'espèce de stupeur où elle était
plongée, en ajoutant qu'il était temps
qu'elle sortît de cet état obscur pour lequel elle n'était pas faite, et lui adressant
quelques félicitations sur le sort qui
l'attendait lorsqu'elle serait affranchie
des soins pénibles auxquels elle était
livrée. Ces mots la rendirent à elle-
même, et tout ce qu'une vertueuse in-
dignation peut inspirer de plus véhé-
ment bouleversa l'ame généreuse de
Ludovise. « Qui ? moi ! s'écria-t-elle,

quitter ma mère !... acquérir à ce prix
des richesses.., que je n'enviais que
pour elle !.... Ah ! qu'ils me connaissent peu ceux qui osent me le propo-
ser !... »

Cette idée calma subitement l'effervescence qui l'agitait, elle sourit de pitié de l'alternative qu'on ne craignait
pas de lui offrir. Elle se tourna vivement vers sa mère, et contemplant avec
attendrissement ce beau visage pâli par
la souffrance : « Oui, dit-elle d'une voix
émue, c'est moi seule aujourd'hui qui
dois veiller sur toi. O ma mère ! le ciel,
en te privant de ta raison, t'a confiée
à mes soins, je serai digne d'un tel
dépôt !.. »

Le capitaine parut déconcerté ; il fit
quelques objections qui semblaient plei-

nes de justesse et de raison, mais qu'un
cœur tendre, ardent comme celui de
Ludovise, ne pouvait entendre sans se
sentir révolté; pourtant commandant à
son extrême émotion, elle pria le capitaine de remercier M. de M***, qu'elle
évita de nommer son oncle, de ses dispositions à son égard, et de l'assurer
en même temps que rien au monde ne
pourrait les lui faire accepter.

Le capitaine se leva un peu piqué.
« Songez, Mademoiselle, que de pareilles
offres ne vous seront pas faites deux
fois, et....

»—Je l'espère bien, Monsieur,» reprit
vivement Ludovise; puis sentant ce que
cette vivacité pouvait avoir de désobli-
geant pour celui qui s'était chargé d'un
tel message, elle ajouta avec douceur:

« Je suis très-reconnaissante de la peine
que vous avez prise de faire cette démarche, Monsieur; mais vous devez
sentir vous-même que je ne puis,... que
je dois tout refuser... » En disant ces
mots, elle avait conduit le capitaine
vers la porte, car un léger mouvement
de sa mère lui faisait craindre qu'elle
ne s'éveillât, et elle tremblait que la
vue inopinée d'un étranger dans sa
chambre ne jetât quelque effroi dans
son esprit. Le capitaine sentit que
sa visite était terminée, et quoiqu'un
peu de ressentiment d'avoir vu ses offres rejetées se mêlât à la secrète admiration que lui causait la noble fierté
de l'orpheline, il s'inclina devant elle
avec une sorte de respect et quitta la
chambre.

Ludovise ne cherche point à le retenir; elle sent qu'elle a rempli son devoir, et elle s'en applaudit. De ce moment
un calme extraordinaire se répandit
dans l'ame de la courageuse enfant; elle
se met au travail avec plus d'ardeur que
jamais; un sourire, une caresse de sa
mère la délasse et la récompense.

Chaque matin, levée avec l'aurore,
elle travaille à sa broderie; un voile de
soie verte, suspendu à la fenêtre, inter-
cepte une partie de la lumière et la fait
tomber plus pure sur son ouvrage. De
cette fenêtre, on voyait l'intérieur de
la cour d'un bel hôtel, dont l'entrée
était dans une autre rue. Une terrasse,
adossée au mur qui sépare cette cour de
la maison voisine, semble servir de com-
munication entre les deux corps de logis;

de grands arbustes, des caisses pleines
de fleurs, en font un charmant parterre,
que Ludovise, à qui la vue de la ver-
dure et des fleurs rappelle les jours de
son heureuse enfance, a plus d'une fois
envié. Plus d'une fois aussi elle a entendu des sons mélodieux sortir d'un
cabinet dont la porte vitrée s'ouvre sur
la terrasse ; mais jusqu'alors, trop occupée de ses chagrins, elle y a fait peu
d'attention. Un soir pourtant Ludovise,
avant de se coucher, respirait avec dé-
lice le parfum des fleurs que le vent
nocturne apportait jusqu'à elle ; une
douce harmonie se fit entendre à peu
de distance ; le cabinet est éclairé, la
porte de la terrasse est ouverte, et l'ame
de Ludovise passe tout entière dans
son oreille, en entendant une voix mé-

lodieuse s'unir aux sons d'un piano.
Cette voix avait la douceur et l'expression de celle d'une femme, mais son vo-
lume et son éclat prouvaient assez qu'elle
appartenait à un homme. Bientôt, passant d'un chant grave et religieux, à
des modulations plus mélancoliques, la
voix semble exprimer les plaintes et
les regrets d'une ame tendre sur la perte
d'un objet aimé ou d'un bonheur éva-
noui sans retour. Ces accens, pleins
d'une secrète sympathie, pénètrent
dans l'ame de la pauvre fille et lui
rappellent ses propres pertes; mais ces
souvenirs sont aussi purs que son cœur,
et ses larmes coulent sans amertume.

La musique est une langue mystérieuse dont les ames tendres ou sublimes
ont seules l'intelligence; elle est le lien

invisible qui lie le ciel à la terre ; c'est à
la fois un souvenir et une espérance des
joies célestes. Dieu, dans sa bonté, a
donné à l'homme, pour adoucir son
exil sur la terre, les fleurs, les parfums
et l'harmonie : les unes enchantent ses
regards, les autres raniment ou eni-
vrent ses sens ; mais la musique répond
à tout ce que l'ame peut éprouver de
tendre, d'énergique, de douloureux ou
de passionné ; elle a des accens pour
toutes nos joies, des plaintes pour toutes nos peines ; elle endort l'enfance,
égaie la jeunesse, excite le courage,
apaise la colère, élève l'ame aux plus
sublimes émotions, et fait doucement
couler nos pleurs.

Ludovise éprouvait toute sa puis-
sance ; penchée sur le bord de l'étroite

fenêtre, elle oubliait le sommeil; mais
onze heures sonnent; la musique cesse,
la lumière disparaît, le silence et l'obscurité rappellent Ludovise à elle-même;
elle se couche enfin, et des songes tristes et doux occupent sa pensée sans
troubler son repos.

Le lendemain, en attachant à la
fenêtre le voile vert qui la garantit
du soleil, Ludovise jette machinalement un regard vers le cabinet de la
terrasse; il est ouvert, et, dans l'intérieur, un jeune homme, assis devant
une table, est occupé à écrire. A cette
vue, pourquoi le front de Ludovise a-
t-il rougi?... Le jeune homme lui est
sans doute inconnu?... Son vêtement
de deuil, son attitude pensive, son
visage caché en partie par des boucles

de cheveux noirs, l'intéressent sans lui
rappeler aucun souvenir. Tout-à-coup,
le jeune homme jette sa plume, passe
une main dans ses cheveux, et, ap-
puyant son front sur cette main, il paraît livré au plus profond décourage-
ment. Bientôt il se lève, croise les bras
sur sa poitrine avec l'expression d'une
vive douleur, et, portant les yeux vers
le ciel, il laisse voir à Ludovise un visage pâle et baigné de larmes... La
jeune fille retient à peine un cri de
surprise : c'est lui!... c'est le jeune inconnu dont l'image est gravée au fond
de sa pensée; c'est Alfred, c'est le fils
du ministre!... Eh quoi! il habite si près
d'elle, celui qui le premier a fait battre
son cœur d'un sentiment aussi doux
que puissant! S'il savait que ses géné-

reux efforts n'ont obtenu aucun résultat! car sans doute il l'ignore... Mais
pourquoi cette tristesse? cette pâleur?
Après la perte des honneurs, aurait-
il à déplorer des pertes plus douloureuses?... En reconnaissant le jeune
homme, Ludovise s'était retirée précipitamment de la fenêtre, elle y retourne,
porte vers la terrasse un regard timide;
mais la fenêtre était refermée, tout avait
disparu.

Tout le jour, Ludovise fut distraite
et rêveuse : tantôt elle s'affligeait de
la tristesse du jeune homme, tantôt
elle se réjouissait de ce que le sort
l'eût placée si près de lui; d'autres fois,
et cette idée jeta un grand trouble
dans son esprit, elle pensait que tout ce
qu'elle avait vu n'était qu'un jeu de

son imagination. « Je me suis peut-être trompée, se disait-elle, ce n'est peut-être pas lui!... Un autre ne peut-il avoir ses beaux cheveux, son doux regard et sa taille imposante?...» Alors les chants du soir revenaient à sa pensée, et le souvenir de cette voix touchante lui faisait dire : « Oh ! c'est bien lui !.. » Plusieurs jours s'écoulent avant qu'elle puisse en acquérir la certitude : tantôt le jeune homme ne paraît point, tantôt il ne lève point la tête; enfin, un incident dont elle fut témoin vint lever tous ses doutes.

Un matin, Ludovise voit une femme traverser lentement la terrasse et entrer dans le cabinet où le jeune homme était depuis long-temps plongé dans une profonde rêverie. A son âge, à ses

12

habits de deuil, Ludovise ne douta point
que ce ne fût la mère du jeune affligé.
En effet, il la reçut avec les démons-
trations d'une vive tendresse : tous
deux confondirent et mêlèrent leurs
larmes ; on pouvait deviner qu'un
même sujet les faisait couler. La dame
le prend dans ses bras, le serre sur son
cœur ; on croirait qu'elle lui parle le
langage de la raison, qu'elle l'excite au
courage, tant le jeune homme l'écoute
avec attention et docilité. Bientôt il re-
prend une attitude moins abattue ; il
presse les mains de sa mère, il l'embrasse, et son geste et son regard semblent lui faire une promesse qui paraît combler de joie cette mère affligée.

Ludovise n'a perdu aucun des mouvemens des deux personnages ; elle les

a interprétés à sa manière, et cette scène
muette a encore augmenté son estime
pour son jeune protecteur. « Il est bon
fils, se dit-elle avec enthousiasme ; il
n'a point résisté aux prières de sa mère !
Ah ! qu'il soit heureux comme il mérite
de l'être ! »

Ce souhait de bonheur si désintéressé
la ramena au sentiment de sa propre
situation. Hélas ! elle-même n'était point
heureuse ! la santé de sa mère, loin de
s'améliorer, s'affaiblissait de jour en jour ;
le repos, il est vrai, les tendres soins
de sa fille ont ramené un peu de calme
dans ses idées ; mais ce mieux est si faible encore ! Les réflexions de l'ami de
son oncle au sujet de l'état de sa mère,
et des soins qu'on pourrait lui donner,
avaient fait juger à Ludovise qu'il exis-

tait d'autres moyens de guérison que
ceux que l'on emploie ordinairement à
l'hôpital des fous ; lieu funeste, dont le
nom est si horrible pour elle, que la
seule crainte d'y voir transporter sa
mère lui a fait jusqu'alors garder le
secret sur l'état déplorable de cette infortunée ! Maintenant elle pensait avec
douleur qu'un peu d'aisance lui per-
mettrait d'avoir un médecin dont les
soins éclairés pourraient hâter la guérison de sa mère, ou du moins adoucir
sa situation. Cette idée la préoccupant
sans cesse, le désir de faire connaître au fils du ministre leur malheureuse
position, se présenta naturellement à
sa pensée. Son cœur est trop pur pour
soupçonner aucune sorte d'inconvé-
nance à cette démarche. Il aime sa

mère, elle adore la sienne, et cette espèce de fraternité, établie sur un sentiment vertueux, la rassure; d'ailleurs,
elle n'a point oublié les généreuses paroles qu'il lui a adressées en présence
du ministre. « La fille d'un brave trou-
vera toujours un appui dans la protection de mon père et dans mon cœur, »
avait-il dit avec un accent dont le
souvenir fait battre encore celui de
Ludovise.

La fille d'Abel de M*** était douée
d'une imagination vive, d'un esprit
juste, prompt, et dont les résolutions,
une fois méditées, devaient s'exécuter
de suite. Animée par l'amour filial, elle
vaincra sa timidité, demain elle lèvera
ce voile vert qui la dérobe aux regards
du bon fils; il la reconnaîtra, sans

doute s'informera de sa mère; elle
lui dira qu'elle est souffrante et malheureuse, elle implorera pour elle son
appui; la manière dont il justifiera son
espérance est inconnue à Ludovise,
elle ne s'en occupe même pas, tant est
grande sa confiance dans celui qu'elle
regarde comme un frère!

Le hasard ne servit pas d'abord ce
généreux projet; le lendemain, la porte
du cabinet ne s'ouvrit point, et même
elle resta fermée pendant plusieurs
jours; Ludovise espère chaque jour ef-
fectuer son dessein, mais les jours se
passent sans lui en offrir l'occasion.

Un matin, un grand tumulte se fait
entendre dans la cour de l'hôtel; de
brillans équipages entrent et sortent
avec fracas; de ces voitures descendent

des femmes parées avec magnificence,
et Ludovise, dont ce bruit attire l'attention, ne peut comprendre quel motif
assemble tant de monde à onze heures
du matin : elle ne remarque pas que tous
les domestiques, couverts de riches li-
vrées, portent des bouquets à la main.

A demi cachée sous son léger ri-
deau, elle regarde ce spectacle avec
une curiosité enfantine : tout-à-coup les
cochers remontent sur leurs siéges, les
voitures s'avancent, les valets ouvrent
les portières, et Ludovise voit descen-
dre du perron, suivi d'une foule nom-
breuse, Alfred D***, la tête nue, vêtu
de noir, une riche épée au côté, et
donnant la main à une jeune beauté
étincelante de pierreries. Le visage
d'Alfred, naguère si pâle et si sombre,

paraît maintenant doux et riant. La
jeune personne le regarde avec un
modeste et touchant embarras; un voile
de fine dentelle descend du haut de sa
tête; une demi-couronne de fleurs d'o-
ranger tremble sur son front : c'est une
mariée.... Et Alfred!....

A l'instant, Ludovise sent un froid
mortel parcourir tous ses membres; elle
comprend à la fois ses vœux insensés et
leur entière destruction. Hors d'état de
supporter la vive douleur qui pénètre
son ame, elle tombe sans connaissance.

Bientôt des cris plaintifs, parvenant
jusqu'à son cœur, la rappellent à la
vie : encore accablée, elle cherche avec
effort à rassembler ses idées, et regarde
avec effroi autour d'elle.... C'est sa mère,
sa malheureuse mère, qui, toujours les

yeux fixés sur elle, l'a vu s'évanouir,
et que sa paralysie empêche de voler
au secours de sa fille. Ludovise se traîne
près d'elle, la serre dans ses bras, et
cherche dans ses caresses un recours
contre l'affreuse douleur qui l'oppresse.
Le silence a succédé au roulement des
voitures, la cour de l'hôtel est déserte,
Ludovise va fermer la fatale fenêtre, et
revient prodiguer à sa mère les soins les
plus touchans; mais rien n'apaise l'a-
gitation nerveuse que la vue de sa fille
évanouie a excitée en elle. Les convul-
sions se succèdent et redoublent de violence : une fièvre ardente la dévore, et
l'égarement de ses yeux vient encore
ajouter à l'angoisse de la pauvre fille.
Bientôt elle sent que la vie de sa mère
est en danger; elle appelle du secours,

une voisine pauvre comme elle, mais dont elle a déjà éprouvé l'obligeance, accourt à ses cris : « Un médecin ! un médecin ! » s'écrie Ludovise; cette femme lui en indique un, et s'offre à rester auprès de la malade tandis qu'elle ira le chercher. Ludovise se précipite hors de la maison, elle arrive haletante chez le médecin; ô douleur! il est absent, il ne rentrera pas avant deux heures. Ludovise, au désespoir, demande si l'on n'en connaît point d'autre, on lui enseigne la demeure d'un confrère du docteur, et la voilà courant dans les rues qui lui sont à peine connues, pâle, égarée, et répétant à voix basse : « Ma mère! ô ma pauvre mère !... »

Une sœur de la charité, un de ces anges revêtus d'une forme humaine,

l'aperçoit : l'état affreux de la jeune
fille, ses exclamations étouffées attirent
son attention, elle la suit, et bientôt
l'arrêtant : «Qu'avez-vous, mon enfant?
lui dit-elle avec l'accent d'un tendre
intérêt. Avez-vous quelques chagrins?...
quelques besoins?... — Ah! Madame,
ma mère! ma mère se meurt, et je ne
puis trouver un médecin!... — Suivez-
moi, ma fille, dit la charitable sœur; »
et entrant dans la maison hospitalière
dont elles étaient peu éloignées, elle se
hâte de prendre quelques cordiaux et
suit Ludovise.

En arrivant près de la malade, elle
la trouve en effet dans un état alarmant. Le premier soin de la sœur est
de la saigner. Ludovise, à genoux,
soutient son bras; ses yeux égarés

se portent, tantôt sur sa mère, tantôt
sur la vénérable sœur qui, après avoir
placé la ligature, exécute la saignée
avec autant de dextérité que de succès.
Le sang jaillit; à mesure qu'il coule,
les mouvemens convulsifs s'apaisent,
l'effervescence du pouls se calme, les
yeux perdent leur effrayante fixité; une
main défaillante cherche le front de
Ludovise et semble la bénir. La malade
gémit, ses pleurs coulent, elle est ren-
due à la vie... Une vive satisfaction se
peint dans le regard de la sœur; Ludovise qui l'a comprise est prête à s'abandonner à la joie; un signe de la pru-
dente hospitalière en comprime l'expression. Elle verse quelques gouttes
d'un cordial dans une cuiller, les fait
avaler à la malade, dont les forces épui-

sées réclament le sommeil, la replace
dans son lit, et, tirant les rideaux, recommande le plus profond silence.

Ludovise n'a point de paroles pour
exprimer ce qu'elle éprouve; elle se jette
dans les bras de l'excellente femme, et
la serre contre son cœur rempli de la
plus vive reconnaissance. La sœur l'en-
traîne hors de la chambre, de peur d'ê-
tre entendue de la malade, et s'informe
de la cause de cet état, du commence-
ment de la maladie, et des circonstances qui l'ont accompagnée. « Elle sera
longue et douloureuse, dit la digne fille
de Vincent de Paule, mais cette crise
peut amener un heureux résultat. Re-
posez-vous de tout sur moi, ma fille;
vous êtes pauvre, vous n'avez point de
médecin, je viendrai ce soir voir votre

mère; c'est au service des infortunés
que nous avons consacré notre vie.
Priez donc Dieu de bénir mes soins,
ma fille, il tient dans ses mains les faibles liens de notre existence. »

Ludovise retourne près de sa mère.
L'infortunée dort, mais d'un sommeil
interrompu. La fièvre semble avoir re-
doublé de violence ; rien ne peut apai-
ser la soif qui la dévore, et la voix de
sa fille peut seule calmer le trouble qui
l'agite. Vers le soir, elle ouvre les yeux,
et attache sur Ludovise son regard encore plein de douleur, mais dépouillé
de cette fixité qui a tant de fois effrayé
la pauvre fille. De temps en temps elle
serre faiblement sa main ; quelquefois
elle veut parler, mais sa faiblesse s'y
oppose. « Ma fille ! murmure-t-elle

avec effort et à de longs intervalles, c'est toi !... c'est bien toi !.. » Et elle attire Ludovise près d'elle ; elle l'entoure du bras qui lui reste libre ; on dirait qu'elle la revoit pour la première fois, qu'elle vient de la retrouver après une longue absence, tant est vive et touchante l'expression de son regard.

Ludovise contient prudemment la joie soudaine, inespérée, qui remplit son ame ; elle lui parle, la rassure, baise son front brûlant, et l'engage au repos. Docile à cette voix chérie, Séphélie ferme les yeux, appuie sa tête appesantie sur le sein de sa tendre fille, et paraît goûter un peu de calme.

La sœur hospitalière, fidèle à sa promesse, revint visiter sa malade ; elle passa près d'elle une partie de la nuit.

Tant que le danger dura, et même pendant les jours qui le suivirent, son zèle
ne se ralentit point. Ainsi qu'elle l'avait
prédit, la maladie fut longue et terrible. Dans les douloureuses alternatives
de crainte et d'espoir qui accompa-
gnèrent ces jours de souffrance, il
lui fallut tout ce que l'expérience et la
religion lui avaient appris pour soigner la malade et ranimer le courage
de la tendre Ludovise. Elle avait
les moyens de faire l'un et l'autre.
Cette excellente femme était membre
d'une de ces associations d'êtres vertueux pour lesquels la bienfaisance est
un besoin de chaque jour, et dont toute
l'existence est dévouée au soulagement
des malheureux. Dans celle dont la
respectable sœur faisait partie, on pro-

curait aux indigens, non-seulement
des secours en argent ou en nature,
mais encore du travail selon le genre
d'industrie de chacun d'eux. La sœur
examina les broderies de Ludovise, et
s'engagea à lui en faire obtenir un
prix plus avantageux que celui qu'elle
en avait retiré jusqu'alors. Elle fait
plus, elle s'occupe de consoler la jeune
infortunée qui, lentement consumée
d'une douleur secrète, se reproche
chaque jour sa folie et sa faiblesse. La
vénérable sœur, par une douce indul-
gence, une bonté soutenue, une piété
consolante, gagne peu à peu l'entière
confiance de Ludovise, et elle se sert
de l'ascendant que lui donnaient sur elle
son âge et ses bienfaits, pour guérir ce
cœur désolé. Ses tendres et pieuses ex-

hortations obtinrent un heureux résultat ; elles ranimèrent le courage de Ludovise, excitèrent en elle un juste orgueil, et lui montrant la noble tâche
qui lui était imposée, parvinrent à lui
rendre le calme qui lui était si nécessaire. Par les soins assidus de la sœur,
la veuve entra enfin en convalescence;
avec sa santé, elle recouvra entièrement l'usage de sa raison. Ce fut alors
que cette tendre mère apprit de la bouche même de la religieuse tout ce qu'elle
devait à sa fille, et le courage que celle-
ci avait déployé dans ces jours de douleur. A ces touchans récits, Séphélie
oubliant ses malheurs, sa misère, re-
merciait le ciel de lui avoir donné une
telle fille, et se trouvait encore assez
riche de posséder un pareil bien.

Ludovise, consolée, n'a plus d'autre joie, d'autre pensée que celle de voir sa mère rétablie; elle la place près de la petite fenêtre aux doux rayons d'un beau soleil d'automne. Elle a ôté le voile vert; elle le peut maintenant; l'hôtel est désert; les croisées sont fer-mées, et l'herbe couvre déjà les pavés de la cour; il est abandonné depuis le jour fatal.... Mais Ludovise ne vit plus, ne respire plus que pour sa mère; si parfois elle jette sur cette terrasse, au-jourd'hui négligée, un furtif regard; si la vue de ces fleurs que l'abandon et l'oubli ont flétries, élève encore dans son sein un douloureux soupir, son œil humide de larmes se reporte vers sa mère; elle se jette sur son sein et cherche dans ses bras caressans un refuge contre d'amers souvenirs.

Cependant l'hiver approchait et amenait avec lui mille besoins nouveaux. Il faudra à sa mère faible encore, du feu et des vêtemens plus chauds. Son travail est ralenti par la brièveté des jours; s'il allait ne pas suffire! et une triste prévoyance, don funeste de l'infortune, lui montrait l'avenir sous les plus sombres couleurs. Telles étaient les réflexions de Ludovise, un soir qu'elle était entrée dans une église peu éloignée de sa demeure; le temple était désert; une seule lampe brûlait devant l'autel de la Vierge; c'est aux pieds de la statue que Ludovise, prosternée, adressait sa prière à cette consolatrice des affligées, qui, jadis, avait connu comme une simple femme, la pauvreté

et la douleur. En récitant la prière par
laquelle sa pieuse ferveur avait coutume de l'implorer, le nom de sa mère
s'échappait de sa bouche; c'était sur
elle qu'elle appelait les bénédictions
du ciel; c'était pour elle qu'elle deman-
dait la protection de la Vierge, et je ne
sais quel calme divin, pénétrant dans
son ame, lui disait qu'elle était exau-
cée... Dans ce moment, Ludovise était
ravissante; ses beaux yeux élevés vers
le ciel étaient animés d'un pieux enthousiasme; le voile qui ordinairement cou-
vrait son front était retombé en arrière;
agenouillée sur le marbre, les mains
croisées sur son sein, éclairée par la
faible lueur de la lampe dont l'éclat
douteux ne perçait pas la sombre pro-
fondeur de la chapelle, elle demeurait

en silence, et plongée dans une sorte
d'extase elle semblait écouter la voix
de l'espérance; tout-à-coup elle croit
entendre près d'elle un bruit léger suivi
d'un soupir, et une voix aérienne prononcer doucement le mot : « Espère !...»

Ces sons inattendus l'arrachent à sa
rêverie; bientôt ils lui causent un secret frémissement. L'obscurité, l'heure,
le lieu, tout jette dans son esprit une
frayeur involontaire; elle baisse son
voile, sort de l'église, regagne à la
hâte sa demeure, et ne sent ses terreurs se calmer que dans les bras de
sa mère.

Ce n'était point une illusion ; le jeune
inconnu, le fils du ministre, Alfred D***
était dans la chapelle, et l'exclamation
que lui avaient arrachée l'admiration,

la douce pitié et un sentiment plus
tendre encore, en écoutant la touchante prière de la jeune fille, en re-
trouvant inopinément celle qu'il avait
tant cherchée, avait bien réellement
frappé l'oreille de Ludovise, et peut-
être causé à son insu le trouble de son
cœur.

Alfred n'était point un jeune homme
à la mode ; il était doux, sensible, mais
un peu grave, par suite des études sé-
rieuses qui avaient occupé sa jeunesse. Son ame à la fois tendre et élevée
était susceptible de recevoir des impressions profondes et durables ; la
grâce et la candeur de l'orpheline,
plus encore que sa beauté, l'avaient
vivement frappé. La bonté de son père
le laissant maître absolu de sa destinée,

il n'avait point cherché à combattre le
sentiment qu'elle lui avait inspiré ; il
avait même formé de doux projets
pour l'avenir, lorsque les changemens
survenus dans la fortune de son père
lui ordonnèrent de consacrer à ce père
si digne de tendresse, tout son temps
et ses soins ; il l'accompagna dans la
retraite qu'il s'était choisie en quittant
le ministère. Mais avant d'abandonner
Paris, et conciliant le secret penchant
de son cœur avec les devoirs d'un
bon fils, il avait écrit à la veuve pour
lui apprendre où en était son affaire
et lui indiquer la marche à suivre
pour en obtenir le succès. Comme
nous l'avons vu, ses ordres ne furent
point exécutés. Tranquille de ce côté,
il suivit son père à la campagne,

et là il lui prodiguait les consolations
qu'un cœur tendre, une raison supé-
rieure savent employer pour adoucir
les chagrins cuisans que cause l'in-
constance de la fortune ; sa piété filiale
ne devait pas exercer long-temps ces
pieux devoirs. Une maladie aiguë en-
leva l'ex-ministre à son épouse, à son
fils désolé, à ses nombreux amis. Devenu chef de la famille, le jeune homme
ramena sa mère à Paris, où ils vinrent
habiter l'hôtel voisin de la demeure de
Ludovise. Pendant plusieurs mois rien
ne put le distraire de sa profonde
douleur ; souvent, en consolant sa mère,
il pensait à la fille du brave commandant de M***, dont la tendresse filiale
lui avait causé une si douce émotion.
N'ayant reçu aucune réponse à la lettre

qu'il avait adressée à la veuve avant
son départ, il alla à l'hôtel qu'elle avait
habité pour obtenir quelques renseigne-
mens; mais on ne put lui en donner
aucun. On croyait généralement que
les étrangères, ayant éprouvé quelque
grande perte de fortune, avaient quitté
Paris pour se rendre en Allemagne.

Ces détails attristèrent Alfred; il
accompagna de ses vœux ces deux
femmes si dignes d'un meilleur sort.
Cependant ému par les touchantes sol-
licitations de sa mère qui, tourmentée
de voir son fils livré à une noire mélancolie, le conjurait chaque jour
de se distraire, il sortit enfin de son
accablement. Une jeune sœur, pour
laquelle il avait beaucoup de tendresse,
était près de se marier au moment de

la mort de son père. Le mariage avait
été retardé ; mais il ne pouvait plus se
différer , parce que le congé accordé à
son futur époux, colonel de la garde,
était près d'expirer. On quitta le deuil
pour un jour. L'hôtel de D*** réunit les
membres des deux familles. Alfred ,
à la fois tuteur et frère de la mariée ,
la conduisit à l'autel , et cette simple
formalité causa la douloureuse erreur
de Ludovise. On sait quel en fut le résultat.

Au retour de l'église, toute la noce
partit pour la campagne , d'où Alfred
et sa mère ne revinrent que dans les
derniers jours de novembre.

Ce fut le jour même de son arrivée
que vers le soir Alfred, en passant devant l'église de S.-P...., vit une jeune

fille voilée en monter les degrés; son
air noble et décent, en lui rappelant
un doux souvenir, excita sa curiosité et
son intérêt. Il la suivit sans en être
aperçu, grâce à l'ombre qui, à cette
heure, régnait dans la chapelle, et
reconnut en elle, avec la joie la plus
vive, la jeune et touchante beauté qui,
six mois auparavant, avait si délicieu-
sement ému son cœur. Il fut témoin
de ses larmes silencieuses; il l'entendit
prier pour sa mère; il vit son beau regard s'élever plein de foi et d'amour
vers la sainte image de la Vierge; il
ne put retenir le mot consolateur,
douce réponse qu'une telle piété devait
obtenir du ciel même, et que son cœur
généreux se promettait de réaliser.

Il suivit de loin Ludovise, et la vit

rentrer chez elle. Dans cette maison
habitait un ancien serviteur de son
père, qui, retiré du service à cause de
son grand âge, vivait là tranquille
d'une pension que lui faisait Alfred. Ce
fut près de lui qu'il prit des renseigne-
mens sur l'état et les moyens d'existence de la veuve et de sa fille. Le
vieux serviteur pouvait l'en instruire
mieux que personne ; il savait qu'elles
étaient pauvres et sans amis, et que la
jeune demoiselle entretenait sa mère
infirme et malade du travail de ses
mains ; toute la maison vantait sa douceur, sa bonté, son obligeance, et le
vieillard, qui en avait plus d'une fois
éprouvé les effets, répétait à son jeune
maître : « Ah ! monsieur Alfred ! c'est
un ange ! c'est un ange !... »

Alfred recommanda le secret au vieux domestique, et rentra chez lui le cœur plein de trouble et d'attendrissement : il alla trouver sa mère et lui confia tout ce qu'il venait d'apprendre. Il ne lui cacha point l'amour tendre et délicat qu'il éprouvait pour l'aimable orpheline. « Elle est sans fortune, dit-il, mais riche de vertus et d'attraits; elle est la fille d'un homme d'honneur, et même sa famille a été illustre; d'ailleurs mon père avait promis d'assurer son sort. C'est à moi d'acquitter cette promesse, et c'est mon plus bel héritage. Voyez-la, ma mère, c'est une fille digne de vous; consentez au bonheur de votre fils! »

Madame D*** n'avait d'autre ambition, d'autre désir que de voir son fils

heureux. Elle ne mit aucun obstacle à
ses vœux, seulement elle le pria de lui
laisser la conduite de cette affaire et
de s'en rapporter à sa tendresse maternelle. Le jeune homme, heureux au-
delà de ses espérances, embrassa sa
mère, et courant dans son cabinet,
qu'il n'avait pas visité depuis long-
temps, il ouvrit son piano dans l'espoir
que ses sons, parvenant jusqu'à Ludovise, établiraient entre eux une com-
munication mystérieuse et sympathi-
que, dont les ames semblables à la
sienne connaissent seules le secret.

En effet Ludovise a entendu la douce
harmonie; elle entr'ouvre sa fenêtre; le
cabinet est ouvert; il en part des sons
purs et brillans; un chant commence;
le silence de la nuit lui permet d'en

distinguer les paroles; c'est un hymne
à l'espérance. Cette circonstance, s'u-
nissant au souvenir de ce qu'elle a
éprouvé le soir même dans la chapelle,
remplit son sein d'une émotion inconnue; elle veut bannir les pensées que
ce chant excite dans son ame; elle
ferme la croisée, et, jusque dans les
bras de sa mère, le mot *espérance*, ré-
pété avec les modulations les plus tendres, frappe son oreille et fait battre
son cœur.

Le lendemain et pendant l'absence
de Ludovise, la veuve reçoit la visite
de la mère d'Alfred. Cette dame, avec
la grâce aimable qui caractérise une
Parisienne, sut, au bout de quelques
instans, obtenir la confiance de l'étrangère. Elle lui parle de son époux, de

la perte également cruelle que toutes
deux ont faite, du désir qu'elle et son
fils ont de réparer envers elle les torts
de la fortune, et d'accomplir la promesse qui lui avait été faite par l'ex-
ministre; promesse, ajoute-t-elle, qu'il
n'a pas dépendu de lui de remplir.
Enfin elle lui fait la prière de quitter
ce réduit, et de venir habiter un appartement plus commode et plus convenable dans son hôtel.

Dans ce moment Ludovise rentra; à
la vue de la dame étrangère, une vive
rougeur couvrit son visage, car elle
crut la reconnaître pour la personne
qu'elle avait vue sur la terrasse, et la
présence de celle qu'elle regardait
comme la mère du jeune homme était
faite pour la troubler et la surprendre.

Si madame D*** avait été touchée
des récits du vieux serviteur qu'elle
avait été voir avant que d'entrer chez
la veuve; si en entendant cette tendre
mère lui faire le détail animé de tout
ce que sa fille avait fait pour elle depuis son malheur, elle avait senti ses
yeux se mouiller plus d'une fois d'attendrissement, la vue de la charmante
fille acheva de gagner son cœur.

Séphélie, qui pouvait à peine exprimer sa reconnaissance, apprit alors à
sa fille les dispositions bienveillantes
de madame D***. « Et c'est encore à toi
que je les dois, ajouta-t-elle en la serrant dans ses bras. Oui, continua Séphélie en s'adressant à madame D***,
elle seule a soutenu mon courage, elle
seule a conservé ma vie, elle fait au-

jourd'hui ma gloire et mon bonheur,
elle sera un jour la consolation de ma
vieillesse, comme elle a été la joie de
mes jeunes années. »

Ludovise, attendrie par des éloges
si doux et si flatteurs, se jette éperdue
aux pieds des deux mères, qui toutes
deux la serrent dans leurs bras en l'ap-
pelant : « Ma fille ! ma fille chérie !... »

Qu'est-il besoin d'en dire davantage,
Ludovise n'a-t-elle pas reçu le prix de
ses vertus filiales ?... Pour une ame
comme la sienne est-il des joies plus
pures et plus complètes ? Après la
peinture de cette félicité qui ressemble
à celle des anges, dirons-nous le doux
et naïf étonnement de la jeune fille en
apprenant qu'Alfred n'était point ma-
rié, qu'elle en était aimée, et qu'il

l'avait choisie pour épouse ?... Dirons-
nous le ravissement d'Alfred en voyant
sa mère amener Ludovise et sa mère
dans la demeure de son père, et lui
dire avec l'accent de l'amour maternel
satisfait : « Mon cher Alfred, j'ai fait
ce que j'ai dû, c'est à toi d'achever. »
Non ! ne quittons point la douce et
modeste Ludovise qui émue, trem-
blante, doute encore de ce rapide
changement de fortune, et ne voit que
l'amour qui l'entoure et auquel elle est
si bien disposée à répondre. Alfred est
à ses genoux, il a baisé sa main, il in-
terroge son regard ; elle se cache en
rougissant dans les bras de sa mère,
et l'heureux Alfred a compris ce touchant aveu.

Tout s'arrange bientôt au gré des

vœux du jeune homme. Nous devons
ajouter que le vieil oncle, que le noble
refus de Ludovise avait plus étonné
qu'irrité, flatté de l'alliance honorable
de madame D***, et peut-être aussi
touché du souvenir de la tendre fille
implorant à ses pieds des secours pour
sa mère, consentit enfin à recevoir la
veuve de son neveu. Il assura à Ludovise une dot assez considérable qui ne
diminua point la tendre reconnaissance
que Ludovise éprouvait pour la générosité d'Alfred envers elle, mais qui
du moins satisfit la petite vanité de la
veuve du commandant en voyant la
fille de son cher Abel dans une situation digne de lui.

Aucunes paroles ne pourraient exprimer la joie silencieuse de cette tendre

mère, la douce surprise de celle d'Alfred, en découvrant chaque jour,
dans sa future belle-fille, une grâce ou
une vertu nouvelle, et toutes deux en
revenant du temple, et la voyant cou-
ronnée des fleurs nuptiales, répétaient
ces paroles de l'Ecclésiaste : « Heu-
» reux l'homme qui en fera son épouse!
» Heureux l'enfant qui la nommera sa
» mère!... »

FIN DU TOME PREMIER.

www.ingramcontent.com/pod-product-compliance
Lightning Source LLC
Chambersburg PA
CBHW051832020726
47502CB00005B/1751